!

ver!ssimo

© 2014 by Luis Fernando Verissimo

Todos os direitos desta edição
reservados à Editora Objetiva Ltda.,
rua Cosme Velho, 103
Rio de Janeiro — RJ — CEP: 22241-090
Tel.: (21) 2199-7824
Fax: (21) 2199-7825
www.objetiva.com.br

Capa
Crama Design Estratégico

Direção de design
Ricardo Leite

Design e ilustração digital
Cris Paranhos

Logo Amor Verissimo
Full Frame Filmes

Revisão
Taís Monteiro
Ana Kronemberger

Editoração eletrônica
Abreu's System

CIP-BRASIL. CATALOGAÇÃO NA PUBLICAÇÃO
SINDICATO NACIONAL DOS EDITORES DE LIVROS, RJ

V619a
 Verissimo, Luis Fernando
  Amor Verissimo / Luis Fernando Verissimo. – 1. ed. – Rio de Janeiro: Objetiva, 2013.

  194p.   ISBN 978-85-390-0546-8

  1. Crônica brasileira. I. Título

13-06766   CDD: 869.98
           CDU: 821.134.3(81)-1

LUIS FERNANDO
ver!ssimo
Amor Verissimo

OBJETIVA

Sumário

Nota do editor, 9

A vida não é uma comédia romântica, 11
Baboseiras, 15
Trauma, 19
Recaída, 23
Uma leve brisa, 27
Corno Lírico, 31
Retiro, 35
O colchonete, 37
A russa do Maneco, 41
Tá, 45
Intimidade, 49
A estrategista, 51
A mulher do vizinho, 55
Macarronada, 59
Até a esquina, 63
Estranhando o André, 65
O deus Kramatsal, 69
Rarefazendo-se, 73
O teste, 77
Casamento, 81
O filósofo e seu cachorro, 83
Assistente de mágico, 87
Emotiva, 91
Os seios da Maria Alice, 93
O melhor de tudo, 97

Vassouradas, 99

Uma mulher fantástica, 103

Tubarão mecânico, 107

O náufrago, 111

Vidão, 115

Não desista, 117

Tudo sobre Sandrinha, 121

Don Juan e a Morte, 125

A exploração de Marte, 129

Celular, 131

Êxtase, 135

A primeira pessoa, 137

Vitinho e a americana, 141

As tentações de frei Antônio, 147

Sexo, sexo, sexo, 151

Entreolhares, 157

A paixão de Jorge, 159

Vidas alheias, 163

Gencianáceas, 167

As Loucas, 171

Namorados, 175

A vingança, 179

A pulseira, 183

Confraternização, 185

O amor acaba, 189

Referências, 193

Nota do editor

Das artimanhas masculinas para levar uma mulher à cama aos desgastes da rotina conjugal, os relacionamentos amorosos sempre forneceram um vasto material de inspiração para Luis Fernando Verissimo. E ele tem correspondido à altura, traduzindo em sua prosa sofisticada e coloquial a relação a dois. Crônicas que serviram de base para a série *Amor Verissimo*, dirigida por Arthur Fontes e veiculada no canal GNT, estão reunidas aqui neste volume, somadas a outros escritos do autor sobre o tema, que abordam o antes (a cantada), o durante (a paixão, a possessividade, a fidelidade, a traição, as obsessões, o sexo, as taras, a DR e até os apelidos íntimos) e o depois (a separação, os ex). Dos cinquenta textos, 32 são inéditos em livro. A lista dos que já tiveram sua primeira vez está na seção Referências.

Raros cronistas traduzem tão bem os encontros e desencontros de um casal, como se pode ver nesta coletânea *Amor Verissimo*. Nas páginas a seguir, o leitor tem a garantia de que não vai cair na monotonia que tantas vezes apressa o fim de uma relação. Agora deixe de lado as preliminares e entre no clima.

A vida não é uma comédia romântica

Homem e mulher se conhecem numa sala de espera de médico. Ela grávida, ele esperando a mulher, que se consulta com o médico. Ele oferece a *Caras* que estava folheando:

— Quer dar uma olhada?

Ela:

— Acho que essa eu já vi. É nova?

Ele, depois de consultar a data da revista:

— Bom, é deste século...

Os dois riem. E se apaixonam.

* * *

Dessas coisas. Destino, química... Quem explica essas coisas?

Apaixonam-se, pronto. Mas não caem nos braços um do outro.

Mesmo porque a barriga dela, de sete meses, não permitiria.

Ficam apenas se olhando, atônitos com o que aconteceu. Pois junto com o amor súbito vem a certeza da sua impossibilidade. Como uma ferida fazendo casca em segundos. E como nenhum dos dois é um monstro de frivolidade, e como a vida não é uma comédia romântica, é uma coisa muito séria, e como eles não podem largar tudo e fugir, trocam informações rápidas, para pelo menos ter mais o que lembrar quando lembrarem aquele momento sem nenhum futuro, aquela quase loucura. Sim, é o primeiro filho dela. Menino. E a mulher dele? Está consultando o médico porque a gestação complicou, o parto talvez precise ser prematuro. Também é o primeiro filho deles. Filha. Menina. Que mais? Que mais? Não há tempo para biografias completas. Gostos, endereços, telefones, nada. A mulher dele sai do consultório. Ele tem que ir embora. Dá um jeito de voltar sozinho e perguntar o nome dela. Maria Alice. E o dele? Rogério! Rogério! E sai correndo, para nunca mais se encontrarem.

* * *

Mas se encontram. Três anos depois, na sala de espera de um pediatra.

Ela chega com uma criança no colo. Ele está lendo uma revista. Talvez a mesma *Caras*. Os dois se reconhecem instantaneamente. Ele pega a mãozinha da criança. Pergunta o nome. É João Carlos. Caquinho.

— Ele está com algum...

— Não, não. Consulta normal. Ele é saudável até demais. E a de vocês? O parto, afinal...

— Foi bem, foi bem. Ela está ótima. Chama-se Gabriela. Só veio fazer um checape. Eu não posso ficar lá dentro porque fico nervoso.

E declara que não houve dia em que não pensasse nela, e no que poderia ter sido se tivessem saído juntos daquele consultório, anos atrás, e seguido seus instintos, e feito aquela loucura. E ela confessa que também pensou muito nele e no que poderia ter sido. E ele está prestes a pedir um telefone, um endereço, um sobrenome para procurar no guia, quando a mulher sai do consultório com a filha deles no colo e ele precisa ir atrás, e só o que consegue é um olhar de despedida, um triste olhar de nunca mais.

* * *

Mas se encontram outra vez. Dois anos depois, na sala de espera de um pronto-socorro. Ele com a mulher, ela com o marido. Ele leva um susto ao vê-la. O que houve? É o Caquinho. O cretino conseguiu prender a língua numa lata de Coca. Ele se emociona. A mulher dele não entende. De onde o marido conhece aquele Caquinho? E aquela mulher? Ela está perguntando se aconteceu alguma coisa com a Gabriela. Não foi nada, Gabriela só bateu com a cabeça na borda da piscina e está levando alguns pontos. E nem a mulher dele nem o marido dela entendem por que, ao chegar a notícia de que o Caquinho só ficará com a língua um pouco inchada, os dois se abraçam daquela maneira, tão comovidos.

Depois, em casa, ele se explica:

— Solidariedade humana, pô.

* * *

A história não precisa terminar aí. Rogério e Maria Alice podem continuar se encontrando, de tempos em tempos, em salas de espera (dentistas, traumatologistas, psicólogos especializados em problemas de adolescentes etc), até um dia ela sair do quarto de hospital onde está o Caquinho, que teve um acidente de ultraleve, e avistá-lo na sala de espera da maternidade, e perguntar:

— A Gabriela está tendo bebê?

E ele fazer que sim com a cabeça, com cara de para onde foram as nossas vidas?

Baboseiras

O motoboy entregou o pacote de cartas e disse:

— Ele falou que tinha resposta.

— Espera — disse ela. E pôs-se a examinar as cartas. Procurava uma em especial, que não encontrou. Fez um sinal para o motoboy aguardar enquanto telefonava.

— Alô...

— Amauri, cadê a carta do ursinho?

Era uma das primeiras cartas que ela tinha lhe mandado. Ainda eram namorados. Uma carta toda escrita como se fosse de uma criança para o seu ursinho de pelúcia.

— Eu mandei. Não mandei?

— Não. E se você não mandar a carta do ursinho eu não mando as suas.

— Heleninha...

— Não tem "Heleninha", Amauri. Ou você manda todas as minhas cartas ou eu começo a mostrar as suas. Sou capaz até de publicá-las. Quero ver como fica a sua reputação no meio.

Amor Verissimo **!** 15

— Eu pensei em guardar pelo menos uma carta sua, Heleninha.

— Logo a mais ridícula? Devolve a minha carta, Amauri. Nosso trato foi esse. Todas as cartas.

— Deixa eu ficar só com esta. É a minha favorita.

— Eu sei o que você está pensando, Amauri. Quer ficar com a carta para me chantagear depois.

— Chantagear, Heleninha?!

— Chantagear. Eu conheço você.

— Heleninha! Eu acho essa carta linda. Uma lembrança do tempo em que a gente se amava.

— Não banca o sentimental comigo, Amauri. Essa carta é só um exemplo das baboseiras que a gente diz e escreve quando acha que o amor nunca vai acabar. Mas o amor acaba e fica a baboseira. Me devolve essa carta, Amauri!

— Heleninha, você lembra como eu chamava você? Na cama?

— Eu não quero ouvir!

— Lembra? Está certo, era baboseira. Mas era bonito. Era carinhoso. Eu era o seu ursinho e você era a minha...

— Amauri, manda essa carta ou eu publico as suas. Já sei exatamente para quem mandar a primeira.

— Está bem, Heleninha. Manda o motoboy de volta.

* * *

Zuneide pensou: não dá mais. Morar nesta cidade, não dá mais. Não vejo mais o Ique, não sei nada da vida dele. E todas as noites é este suplício, nunca sei se ele vai voltar pra casa ou não, se está vivo ou morto. Dizem que morre um motoboy por dia na cidade. Todos os dias uma mãe perde um filho nesta cidade. Se o Ique ainda fosse procurar outra coisa pra fazer. Mas não. Trata aquela moto como se fosse um bicho de estimação. À noite, a moto fica ao lado da cama dele. Dorme com ele. Vou tentar convencer o Ique a voltar para São Carlos. Respirar outros ares. Antes que ele morra e me deixe.

* * *

— Não dá mais, doutor Amauri. Esta cidade está me deixando maluco. Sabe que no outro dia, quando me dei conta, estava correndo pela calçada e buzinando? A pé, na calçada, e buzinando para os outros pedestres saírem da frente. Bi, bi, bi. Olha que loucura.

— Você acha que isso pode ter alguma coisa a ver com os problemas em casa? Com a Mercedes?

— Não sei. Nosso amor acabou, doutor. Não tem mais sexo, não tem mais nada. Na outra noite eu chamei ela por um apelido que a gente usava quando era recém-casado, eu era Pimpão e ela era Pimpinha, e ela deu uma gargalhada. Não se lembrava mais. E ela também está enlouquecendo, doutor. Agora deu para dizer que se eu não comprar uma TV digital ela se mata. Vou dizer para ela vir consultar com o senhor tam...

Tocou o telefone e Amauri pediu licença para atender.

— Alô? Sim, Helena. Não chegou? Eu mandei pelo motoboy perto do meio-dia. Mandei, Helena. Por que eu iria mentir? Deve ter acontecido alguma coisa com o motoboy.

* * *

Só em casa, depois de deixar o Ique no hospital, Zuneide descobriu a carta no bolso do blusão do filho. Uma carta carinhosa, que começava assim: "Querido Ursinho." Ele tinha uma namorada e ela não sabia! O nome dela era Heleninha. Uma boa menina, ingênua, pura, que obviamente o amava muito, a julgar pela carta. Preciso encontrar um jeito de avisá-la de que o Ique teve um acidente, pensou Zuleide. Será uma maneira de conhecê-la, também. De conversarmos, de combinarmos a ida deles para São Carlos, para outros ares, depois do casamento. Zuneide leu e releu a carta várias vezes. Que coisa bonita. Que coisa carinhosa. No dia seguinte ela diria ao Ique que ainda não conhecia a Heleninha, mas já gostava dela.

* * *

— Amauri, você pediu. Vou começar a distribuir as suas cartas.

— Heleninha...

— Você mentiu. O tal motoboy não apareceu com a minha carta.

— Heleninha...

— Prepare-se para o pior, Amauri.

Trauma

Pais separados, o Artur, 12 anos, vivia com a mãe e passava os fins de semana com o pai. Quando chegava à casa do pai era submetido a um interrogatório. Sempre.

— Como é que está sua mãe?

— Sua mãe fala muito em mim?

— Sua mãe arranjou namorado?

Ou:

— Sua mãe tem visto alguém?

Quando voltava da casa do pai no domingo à noite, era submetido a outro interrogatório.

— Como é que está o seu pai?

— Seu pai fala em mim?

— Seu pai está com alguma namorada?

Ou:

— Seu pai está saindo com alguém?

Saco.

* * *

Um dia a mãe disse para o Artur dizer ao seu pai que precisava falar com ele. Que quando ele trouxesse o Artur no domingo à noite era para entrar. Para conversarem. O pai achou ótimo. Também precisava conversar com a ex-mulher.

No domingo o pai entrou, a mãe mandou o Artur ir tomar banho, e antes que o pai pudesse se sentar, declarou:

— Assim não vai dar, Gilson.

— O quê?

— Assim o Artur não vai poder continuar indo à sua casa.

— Assim como?

— Aquilo não é ambiente pra ele.

— Por quê?

— Ele me contou. Primeiro tentou esconder, mas eu apertei e ele acabou contando tudo.

— Tudo o quê?!

— As duas loiras. O hóspede travesti. As pílulas. Como é que você pôde, Gilson? Com o seu filho dentro de casa!

— Peraí. Peralá. Que história é essa? Duas loiras? Travestis? Pílulas?

— É. E ele vendo tudo.

— Ele não viu nada!

— É o que você pensa. Viu tudo. Me descreveu até as loiras. Uma magra, a outra mais cheinha. E as tatuagens do travesti. Ficou traumatizado.

— Ele não viu nada porque não havia nada pra ver. É tudo invenção dele.

— Por que o Artur iria inventar uma coisa dessas?

— Não sei. Talvez por trauma, com o que ele tem visto aqui.

— Aqui?!

— É. O que ele ouve a noite inteira, quando seu namorado fica pra dormir.

— Que namorado?!

— Sei até o nome dele. Carlos Augusto. E que tem a metade da sua idade.

— Ó Gilson, então você acha que eu... Isso é pura invenção do Artur!

— Será? Ele me deu detalhes bem precisos. E do outro também.

— Outro?!

— Um que ele não sabe se é chinês ou japonês, e que leva uma malinha preta quando vocês vão pro quarto.

— Artur! Venha cá!

* * *

Artur teve que pedir desculpas, mas deu resultado. Os interrogatórios acabaram. Hoje, de vez em quando, a mãe ainda começa a perguntar:

— Seu pai...

— Uma ruiva chamada Anabela e duas policiais militares.

— Não. Sério, Artur.

— Eu estou sendo sério.

A mãe ri e comenta: "Que imaginação." Depois fica pensando: "E se for verdade?" Mas não pergunta mais nada.

O pai também tenta se controlar, mas às vezes não aguenta.

— Sua mãe...

— Agora anda com uma moça que parece homem, chamada Castro.

— Não brinque com essas coisas, meu filho.

— Eu não estou brincando.

O pai sacode a cabeça e ri, e pensa, "Esse garoto ainda vai nos sair um escritor..." E depois: "E se for verdade?" Mas não pergunta mais nada.

Recaída

A proposta era simples. Cláudia acompanharia João Carlos numa visita à casa dos seus pais, na cidadezinha onde nascera, e seria apresentada como sua namorada. Alguém o tinha visto no Rio e chegara à cidadezinha com a notícia de que ele era gay. Ele precisava provar que não era gay.

— Mas você não tem uma namorada de verdade? — perguntara Cláudia. — Por que eu?

— Porque eu sou gay. Não tenho namorada. Tenho namorado. O nome dele é Roni. Não posso aparecer lá com o Roni.

— Mas ninguém liga pra isso, hoje em dia. Liga?

— Na minha cidade, na minha casa, ligam.

* * *

Cláudia hesitara. Quase não conhecia João Carlos. A ideia de passar o Natal e o Ano-Novo com um quase desconhecido, na casa de uma família totalmente desconhecida, numa cidadezinha inimaginável, não a atraía. Se bem que... Poderia ser divertido. O João Carlos não era antipático. E os dois se fingindo de namorados, enganando todo mundo... Ela não tinha outros planos para o fim do ano. Nenhum desfile agendado. Seria divertido. Topou.

No aeroporto, antes de embarcarem, João Carlos se despediu de Roni com um beijo prolongado e disse para ele não se preocupar.

— Não vá me ter uma recaída... — disse Roni, indicando Cláudia.

— Pode deixar — disse João Carlos. — Não há perigo.

Os três riram muito.

* * *

Ao churrasco na casa dos pais de João Carlos, na primeira noite, veio gente de toda a região, parentes e amigos e até alguns que ninguém conhecia, para ver a namorada carioca. A notícia de que Cláudia era, além de carioca, uma bela mulher, uma modelo, se espalhara rapidamente e todos queriam vê-la, e ouvi-la, e dizer "O Joãozinho, hein? Quem diria". Os dois tinham dormido em quartos separados, João Carlos no seu quarto antigo, Cláudia com a irmã dele. A mãe do João Carlos, que via novela e sabia que aquilo era comum, não se importaria se os dois dormissem juntos, mas "O seu pai, sabe como é..." Eles sabiam como era. Não dormiam juntos, mas passavam o tempo todo se acariciando e se beijando, em casa e na rua, provando para a cidade inteira que aquele boato de que o João Carlos tinha desandado no Rio era invenção, pura invenção. Gostava de mulher. E, a julgar pela Cláudia, gostava de grandes mulheres!

* * *

Foi na noite de Ano-Bom, depois de muito frisante no clube, depois de se abraçarem e se beijarem apaixonadamente à meia-noite para todos verem, que os dois chegaram em casa e não foram cada um para um quarto, foram para o quarto do João Carlos, quem diria, onde se amaram durante toda a madrugada, tentando não fazer muito barulho. E de manhã, suas pernas ainda entrelaçadas com as de Cláudia, João Carlos lamentou o acontecido, e disse "Bem que o Roni me avisou...", e a Cláudia beijou a ponta do seu nariz e disse:

— Pronto, pronto.

* * *

Voltaram para o Rio no dia 2, o João Carlos silencioso no ônibus e no avião, com cara de culpa, depois de pedir a Cláudia que em hipótese alguma comentasse a sua recaída para quem quer que fosse, senão o Roni ia acabar sabendo, e a Cláudia silenciosa, com o secreto orgulho de ser tão desejável, tão mulher, que provocara a recaída fatal de João Carlos, depois de prometer que não contaria nada a ninguém, que aquilo ficaria entre os dois, só entre os dois, para sempre.

* * *

Ainda ontem a Cláudia encontrou o Roni e perguntou pelo João Carlos e o Roni disse:

— Quem?!

— O João Carlos. Seu namorado.

— Ah, é. Está bem. Muito bem. Quer dizer. Olha aqui... Esse negócio de namorado...

— Você também mal conhecia o João Carlos. Não é?

— É. Eu...

— Ele pediu para você fingir que era o namorado dele.

— É.

— O seu nome nem é Roni.

— Não.

Cláudia sorriu. Pensando: se o João Carlos tivesse me pedido, honestamente, sem mentir, sem encenação, topa ou não topa, eu teria topado? Provavelmente não. Uma mulher como eu? Provavelmente não.

O falso Roni tinha chegado mais perto e estava dizendo:

— Olha, eu também não sou gay. E se quiser, posso provar.

Cláudia se afastou, ligeiro. Pensando: ó raça, essa masculina!

Uma leve brisa

Quando a Amanda começou a frequentar o bar da turma, levada pelo Anselmo, só notaram a sua beleza. Ela era linda. Olhos claros, nariz perfeito... Aos poucos foram descobrindo suas outras virtudes. Principalmente os homens.

— Além de bonita, simpática.

— E simples.

— Mas não é burra.

— Nada. Tem conteúdo.

— E covinhas.

— O quê?

— Vocês não notaram? Duas covinhas. Quando ela sorri.

— E que sorriso!

— Que dentes!

— E os cabelos?

— Ó, Anselmo, de onde você descolou essa mulher?

O Anselmo contou que a tinha conhecido na academia. Além de tudo, era esportiva. Não, não sabia o que ela fazia. Pesquisa antropológica, análise de sistemas, qualquer coisa assim. Não tinha os detalhes.

As mulheres não estavam gostando de toda aquela atenção com a Amanda, mas não podiam protestar. Porque os homens tinham razão. A Amanda era fora do comum. E, segundo reconheceu a Michelle, a contragosto, "querida".

Mas foi a Michelle quem notou pela primeira vez.

— Vocês notaram que os cabelos dela se mexem com o vento?

— E o que que tem isso? — perguntou o Marcão. — Os meus também se mexem.

Mas a Michelle completou:

— Mesmo quando não tem vento...

— Tá maluca.

— Prestem atenção — disse a Michelle.

* * *

Naquele dia a Amanda chegou, beijou todo mundo, sentou-se, pediu uma cocadáieti, e depois se surpreendeu: por que estavam todos olhando para ela daquele jeito? Nada, nada. Todos disfarçaram. "É porque tá todo mundo apaixonado", brincou o Anselmo. Mas a Michelle estava certa. Uma leve brisa batia no rosto da Amanda e fazia seus cabelos esvoaçarem suavemente. Era como se ela estivesse de frente para o mar, em vez de uma mesa de bar. E durante o resto da noite Amanda não notou a movimentação da turma ao seu redor e, sorrateiramente, ao redor do bar, tentando descobrir a origem daquela brisa que ninguém mais sentia, a brisa que só esvoaçava os cabelos dela. Não era corrente de ar. O bar não tinha ar-condicionado. Pelas janelas não entrava vento nenhum. De onde vinha a leve brisa que só aumentava a beleza de Amanda?

* * *

— Vento no rosto, não dá — decretou a Heleninha, quando a Amanda foi embora. — Eu aguento tudo. As covinhas, tudo. Mas com vento exclusivo no rosto não há competição. É covardia.

As outras concordaram. Brisa permanente nos cabelos era demais. Mas de onde vinha a brisa? Surgiram várias teses.

— É truque. Ela tem um ventilador escondido em algum lugar.

— Onde?

— Sei lá. Ou tem alguém que segue ela, com um ventilador.

Ou então:

— É mágica mesmo. Além de tudo, ela é mágica.

— Bruxa, você quer dizer.

— Mágica — insistiu o Marcão, com o olhar perdido.

A última palavra foi da Michelle.

— Está bem que ela seja privilegiada. Mas brisa só no rosto dela, não!

* * *

As mulheres optaram por barrar a Amanda no grupo e ainda alertar o Anselmo, pois ninguém sabia de que outras bruxarias ela era capaz. Os homens discordaram com um voto em separado: a Amanda deveria continuar no grupo. Afinal, era só uma leve brisa. Se um dia o vento aumentasse, decidiriam o que fazer.

Corno Lírico

Todo mundo sabia que a mulher do Ferreira o enganava, mas o Ferreira continuava lhe fazendo poemas. Onze anos de casados e ele ainda cantava a mulher em versos. Versos ruins, "amor" rimando com "flor" e "paixão" com "coração", mas versos. Que lia para a roda do chope antes de entregar à mulher, às vezes acompanhados de uma rosa. A infiel se chamava Rosa.

"Tua beleza é um dom divino
Ao qual faço este hino"

Ou:

"És formosa, sedosa, cheirosa
Garbosa, mimosa, vistosa
Voluptuosa, maravilhosa...
Enfim, és Rosa!"

Depois de ler um dos seus versos, o Ferreira olhava em volta da mesa e perguntava:

— Hein? Hein?

Os amigos se entreolhavam e sorriam.

— Boa, Ferreirão.

Gostavam do Ferreira. Era uma boa alma. O que não impediu que lhe dessem um apelido, sem ele saber: Corno Lírico.

* * *

Ninguém sabia como a Rosa recebia os poemas que o Ferreira lhe entregava, às vezes com uma rosa.

Beijava o Ferreira e dizia coisas como "Você é mesmo um doce", ou jogava o poema e a rosa no lixo, já que não podia jogar o Ferreira? O amante atual da Rosa, sabiam todos menos o Ferreira, era um fiscal da Receita chamado Rubival. Os dois se encontravam todos os fins de tarde. Um dia a Rosa se atrasou no encontro com o Rubival e quando chegou em casa o Ferreira já estava lá, com um novo poema na mão.

— Onde você estava?

— Na pedicure. Tive que esperar. Toda a cidade resolveu fazer os pés na mesma hora.

O novo poema do Ferreira para a mulher terminava assim:

"Rosa linda, Rosa rainha
Rosa perfeita, Rosa minha"

* * *

Eles já estavam na cama, luz apagada, quando o Ferreira perguntou:

— Pedicure?

— É.

Silêncio. Ela:

— Por quê?

Ele:

— Por nada.

— Está duvidando de mim?

— Claro que não.

— Quer ver o meu pé?

— Quié isso?

* * *

Os amigos estranharam. O Corno Lírico estava distraído. Quieto. Olhar perdido. Não era o mesmo Ferreirão de sempre. Os outros já estavam no terceiro chope e ele ainda não tocara o seu primeiro.

— E aí, Ferreirão?

— O quê?

— Pensando na vida?

— Não, não.

— Tudo bem em casa?

— Bem, bem.

E o Ferreira voltou ao seu silêncio. Dali a pouco, perguntou para a roda:

— Qual é uma rima pra "desgosto"?

Retiro

Este ano ele decidiu fazer um retiro espiritual durante o carnaval. A mulher compreendeu. Ele precisava de uns dias de recolhimento, introspecção e autoanálise. "Um spa da alma", foi como descreveu o que queria.

Através de um parente religioso, conseguiu exatamente o que queria. Um cubículo de paredes nuas, salvo por um crucifixo, uma cama com colchão de palha, uma semana de comida frugal, água de moringa e reflexão. Faria um levantamento da sua vida até ali, para saber como vivê-la com sabedoria dali em diante.

Internou-se na segunda-feira para sair na sexta. Na quarta-feira teve a primeira visão. De uma das paredes nuas saiu uma adolescente ainda mais nua, que ele reconheceu imediatamente. Irene, a vizinha Irene, seu primeiro beijo de língua.

Naquela mesma noite apareceu a prima Ivani, que deixava ele tocá-la por fora da calcinha. Ivani entrou por uma rachadura do teto, sem calcinha.

Na quinta-feira um grande calor dentro do cubículo anunciou a chegada de Inga, a empregada da colônia alemã, a dos mamilos rosados, sua primeira vez até o fim.

Em seguida, materializou-se num canto a sua primeira namorada séria, Maria Alcina, a que enchia o umbigo de mel para ele esvaziar com a língua.

E de dentro da moringa saiu a sinuosa Sulamita dos cabelos negros até a cintura, que ele pensava que já tivesse esquecido.

Naquela noite, se alguém olhasse pela portinhola, o veria dando voltas no cubículo, puxando um cordão imaginário de mulheres, que depois caberiam todas juntas no seu colchão de palha.

Na sexta-feira, antes de sair, ele combinou com todas.

— Ano que vem, aqui mesmo, turma!

Quando ele chegou em casa, a mulher estranhou as olheiras.

O colchonete

— Você mandou me chamar, Dodó?

— Mandei, dona Berenice. Mandei. Por favor, sente-se.

— Algum problema?

— Não, não. Eu só achei que deveríamos conversar sobre o nosso encontro na terça-feira.

— No bloco "Engrena que eu acelero"? Não foi um barato? Acho que nunca me diverti tanto.

— Pois é, dona Berenice. Mas a senhora deve ter notado que eu estava, meio... Qual é a palavra?

— Chumbado?

— Embriagado.

— Você estava ótimo, Dodó! Alegre. Desinibido. É um lado seu que eu não conhecia. Aliás, que ninguém na firma conhecia.

— A senhora comentou o nosso encontro da terça aqui no escritório, dona Berenice?

— Só comentei. Não contei tudo o que aconteceu. É claro, né, Dodó?

— Tudo o que aconteceu?

— Você não se lembra de nada? Do bar? Do fundo do bar? Do colchonete em cima dos engradados de cerveja no fundo do bar? Nada?

— Colchonete?!

— De tudo o que nós dissemos e fizemos?

— Defina "tudo", dona Berenice.

— Tudo! As confidências. As promessas. E o depois.

— O que houve depois?

— Digamos que o colchonete cumpriu seu papel.

— Meu Deus. Eu não sabia que tínhamos chegado ao colchonete... Um colchonete em cima de engradados de cerveja. Isto não.

— Mas foi lindo, Dodó. Você era outro homem. Não parou nem quando entrou o português do bar e...

— O quê? Entrou um português na história?!

— Ele só foi buscar uma lata de azeite ou coisa parecida. E você não parou. O português entrou e saiu e você continuou. Vupt e vupt. Você, hein, Dodó?

— Vupt e vupt. Meu Deus do céu. E as confidências e promessas, dona Berenice?

— O que tem elas?

— Você sabe que um homem bêbado em cima de um colchonete diz qualquer bobagem. O colchonete está na fronteira entre o recato e a exposição total, a autopiedade e o ridículo. Um homem num colchonete perde todo o escrúpulo e confessa tudo, até o que não fez. E promete o que não pode dar.

— Não se preocupe, Dodó. As confidências eu esqueci e as promessas eu não levei a sério. Nem a promessa de casamento. Eu sabia que não eram para valer. Afinal...

— O quê, dona Berenice?

— Era carnaval.

— Obrigado, dona Berenice. Obrigado. Pela sua compreensão e pela sua discrição. Vamos fingir que nada aconteceu, e tudo volta ao normal. Inclusive, dona Berenice, vou lhe pedir um favor...

— O quê?

— Volte a me chamar de dr. Odorico.

A russa do Maneco

Todos ficaram muito intrigados quando o Maneco, logo o Maneco, apareceu com uma russa. Em pouco tempo "a russa do Maneco" se tornou o assunto principal da turma. Todas as conversas, cedo ou tarde, acabavam na frase "E a russa do Maneco?", e daí em diante não se falava em outra coisa. E, claro, quando o Maneco e a russa estavam com a turma, a russa era o centro de todas as atenções. Os homens de boca aberta, as mulheres tentando ser simpáticas, mas odiando a russa.

Porque a russa do Maneco era linda como só as russas conseguem ser. Olhos claros e puxados, maçãs do rosto altas, um lábio inferior cheio e um pouco mais saliente do que o de cima, pele branca como as estepes, cabelos loiros como os trigais da Geórgia, ou onde quer que nasça muito trigo por lá. E o corpo, o corpo...

— Bailarina — sentenciou uma das mulheres, como se acusasse a russa de competição desleal.

Bailarina, sim, mas bailarina de um tipo especial: com anca e peito.

Pernas longas. Mais alta do que o Maneco. Quando o Maneco a abraçava ela beijava o topo da sua cabeça. (Os homens suspiravam, as mulheres se revoltavam.) E a russa só sabia uma palavra em português, além de "bom dia" e "obrigado":

— Manequinho.

Muitos da turma não conseguiam dormir, pensando no Maneco com a loira na cama, e no "Manequinho" dito com aquele sotaque russo, por aqueles lábios russos. Logo o Maneco!

* * *

O Maneco não explicava onde e como encontrara a sua russa. Só dizia, misteriosamente:

— A coisa mais fácil de conseguir, hoje, na Rússia, é plutônio e mulher.

Dando a entender que, além de uma mulher espetacular, também estaria envolvido com o tráfico clandestino de material radioativo. As duas principais sobras da derrocada do império soviético. O que deixava a turma ainda mais intrigada.

— Vem cá: o Maneco não é funcionário público?

Era. E, que se soubesse, nunca saíra do Brasil. Mas as pessoas, afinal, podem ter suas vidas secretas. E numa das suas vidas secretas, o Maneco encontrara a sua russa. Talvez negociando plutônio enriquecido para revender a algum grupo terrorista internacional. Depois de verem a russa beijando o topo da sua cabeça, ninguém duvidava de mais nada a respeito do Maneco. Se ouvissem dizer que o Maneco estava sendo caçado pela Interpol, ou que seria o novo marido da Nicole Kidman, ou as duas coisas, não duvidariam. E especulações sobre que outras coisas o Maneco era e fazia que ninguém sabia passaram a dominar a conversa do grupo — sempre que o assunto não era a russa.

* * *

E um dia o Maneco apareceu sem a russa. Arrá, pensaram todos. A russa finalmente se deu conta de quem o Maneco realmente é. Qualquer que fosse a mentira que o Maneco usara para conquistá-la, estava desmascarada. A russa deixara o Maneco, as coisas voltavam aos seus lugares. O mundo voltava à normalidade. Estava restabelecida a lógica, segundo a qual uma russa daquelas não podia ser de um Maneco daqueles. Que fim levara a russa?

— Olha — disse o Maneco —, russa não é fácil, viu?

Repetiu:

— Russa não é fácil!

E contou que as russas eram possessivas, e ciumentas, e atrasadas, pois não admitiam que um homem podia ter duas ou três namoradas ao mesmo tempo e...

Naquele momento gritaram do bar que havia um telefonema, uma mulher chorosa querendo falar com o "Manequinho", e o Maneco começou a fazer sinais frenéticos e a cochichar: "Diz que eu não estou, diz que eu não estou."

Sensação na turma. O Maneco é que deixara a russa! E se com a russa o Maneco já era o assunto preferido da turma, sem a russa passou a ídolo.

Tá

— Você quer?

— Se você quiser...

— Como, se eu quiser? Você quer ou não quer?

— Se você quiser eu quero.

— Se eu não quisesse não teria perguntado.

— Então você quer?

— Quero.

— Então tá.

— Como, "tá"?

— Tá. Está bem. Sim. Vamos.

— "Tá"... Que coisa triste. A que ponto chegamos. Francamente: "tá"?

— Pedro Henrique, você não vai fazer um drama só porque...

— Não, não. Tudo bem. Eu acho perfeito. Assim termina um grande amor. Não com uma explosão, não com um suspiro. Com um "tá".

— Pedro Henrique...

— É perfeito. Curto, preciso e definitivo. "Tá." Como um ponto final. "Tá", ponto. Que vida conjugal pode existir depois de um "tá"? Nenhuma. Boa noite.

— Sabe o que que eu acho, Pedro Henrique? Acho que você também não estava a fim e está usando um pretexto para...

— Ah, então você não estava a fim? O "tá", além de tudo, era mentiroso?

— Não desconversa, Pedro Henrique. Você é que estava louco para ir dormir mas decidiu que, já que fazia tanto tempo, tinha a obrigação de perguntar se eu queria. Não era vontade, era desencargo de consciência.

— E já me arrependi. Se era para ouvir um "tá", melhor não ter perguntado.

— Confesse. Você não sente mais nada por mim.

— Não é verdade.

— Não faz tanto tempo assim, você nem teria perguntado.

— Ah, desculpe a boa educação. Você preferia que eu atacasse você sem avisar? Pimba, sem dizer nada?

— Sem dizer nada, não, Pedro Henrique. Dizendo tudo o que você costumava dizer no meu ouvido, antes do pimba, lembra? Você nem se lembra.

— Lembro. E lembro de muito mais. Lembro de quando você é que tomava a iniciativa. Coisa que não acontece desde, sei lá. Desde o governo Sarney.

— O Sarney não.

— O Collor, então.

— Não tomava a iniciativa para não ser repelida, porque sabia que você não me amava mais.

— Que injustiça. Que injustiça! Eu nunca deixei de amar você. Não sou mais o mesmo, reconheço. Não digo mais coisas no seu ouvido.

O tempo passa, que diabo. Ninguém é mais o mesmo. Nem o Agnaldo Rayol, que não envelhece, mas aposto que não diz mais o que dizia. Nós todos mudamos com o tempo. Mas isso não quer dizer que eu ame você menos.

— Tá certo...

— Jurema, você, pra mim, é uma semideusa!

— "Semi", Pedro Henrique?!

— Hein?

— Você disse "semideusa".

— Bom...

— Antigamente era uma deusa.

— É o tempo, Jurema. Nós todos nos desgastamos um pouco.

— Quer saber de uma coisa, Pedro Henrique? Boa noite.

— Tá.

Intimidade

Os dois na cama.

— Bem...

— Mmm?

— Posso te fazer uma pergunta?

— Se você pode me fazer uma pergunta? Quarenta anos de casados e você precisa de permissão para me fazer uma pergunta?

— É uma coisa que me intriga há quarenta anos...

— O quê?

— A sua calcinha pendurada no boxe do chuveiro...

— Sim?

— Está ali para secar ou para molhar mais?

— Como é?!

— A sua calcinha pendurada no...

— Eu ouvi a pergunta. Só não estou acreditando. Há quarenta anos você vive com essa dúvida? O que a calcinha dela está fazendo no boxe do banheiro?

— É. Ela foi lavada e está secando, ou está ali para receber mais água?

— E por que você levou quarenta anos para me fazer essa pergunta?

— Sei lá. Eu...

— Você achou que nós não tínhamos intimidade o bastante para tratar do assunto, é isto? Que eram necessários quarenta anos de vida em comum para podermos discutir a minha calcinha pendurada no boxe sem constrangimentos. É isto? Você sabe tudo ao meu respeito. Sabe toda a minha vida, conhece cada estria e sinal do meu corpo, sabe do que eu gosto e não gosto, em quem eu voto, sabe as minhas manias e os meus ruídos, mas estava faltando este detalhe. Este ponto cego no nosso relacionamento. O que a minha calcinha faz pendurada no boxe do banheiro.

— Não, eu queria perguntar há tempo, mas...

— Já sei. Você achou que fosse uma coisa só de mulher, que homem jamais entenderia. As calcinhas penduradas no chuveiro seriam uma espécie de demarcação de território, um ritual de congregação tribal. Um mistério que une todas as mulheres do mundo e um terreno em que homem só entra com o risco de enlouquecer. Por isso demorou tanto para fazer a pergunta.

— Nada disso. Eu só...

— Francamente.

Ele já estava quase dormindo quando se deu conta. Ela não respondera à pergunta.

A estrategista

Bete especializou-se na prospecção de viúvos. Procura convites para enterro de senhoras em que o marido é um dos que convidam. E em que não constem "netos". De preferência, nem "filhos". Sinal de que a mulher morreu jovem. Falecida moça, viúvo moço. Precisando de consolo imediato. O ideal é quando há mais de um convite para o enterro, quando a firma do marido também convida. E dá a posição do viúvo na vida. "Nosso gerente", ótimo. "Nosso diretor financeiro", melhor ainda. "Nosso diretor presidente", perfeito! Um diretor presidente com 40 anos ou menos é ouro puro. Segundo a Bete.

Bete comercializa sua informação. Tem uma lista de clientes. Dá instruções sobre a abordagem do viúvo, que deve começar no próprio velório. Recomenda um conjunto escuro e sóbrio, mas com um decote que mostre o rego dos seios. O rego dos seios é importantíssimo. O viúvo precisa ter uma amostra do que existe por baixo do terninho compungido já no abraço de pêsames.

— O que que eu digo?

— Chore. Diga "Eu não acredito". Diga "A nossa Pixuxa".

— "Pixuxa"?!

— Era o apelido dela. Estava no convite.

— A nossa Pixuxa. Certo.

— E não esquece de beijar perto da boca, como se fosse descuido.

Bete não cobra muito pelo seu trabalho. Faz mais pelo desafio, pelo prazer de um desfecho feliz, cientificamente preparado.

Quando consegue "colocar" uma das suas clientes, sente-se recompensada. Não é verdade que tem informantes nos hospitais de primeira classe da cidade e que muitas vezes, quando a mulher morre, ela já tem um dossiê pronto sobre o viúvo, inclusive com situação financeira atualizada. Trabalha em cima dos convites para enterro, empiricamente, com pouco tempo para organizar o ataque.

Procura se informar o máximo possível sobre o viúvo, depois telefona para uma interessada e expõe a situação.

— O nome é bom. Parece que é advogado. Entre 55 e 60 anos. Aproveitável. Dois filhos, mas já devem ter saído de casa.

— Entre 55 e 60, sei não...

— É pegar ou largar. O enterro é às cinco.

Bete vai junto aos velórios. Para dar apoio moral, e para o caso de algum ajuste de última hora. Como na vez em que, antes de conseguir chegar no viúvo, sua pupila foi barrada pela mãe dele, que perguntou:

— Quem é você?

A pretendente começou a gaguejar e Bete imediatamente colocou-se ao seu lado.

— A senhora não se lembra da Zequinha? Uma das melhores amigas da Vivi e do Momô.

Era tanta a intimidade que a mãe do viúvo, embora nunca soubesse que o apelido do seu filho fosse Momô, recuou e deixou a Zequinha chegar nele, com seu rego. Foi um dos triunfos da Bete. Naquele mesmo ano, Momô e Zequinha se casaram. Alguns comentavam que tudo começara no enterro da pobre da Vivi, outros que o caso vinha de longe. Ninguém desconfia que foi tudo planejado. Que havia um cérebro de estrategista por trás de tudo.

Bete tem medo das livre-atiradoras, das que invadem o seu território sem método, sem classe, enfim, sem a sua orientação. Quando o viúvo é uma raridade, uma pepita — menos de 40, milionário, quatro ou cinco empresas participando o infausto evento, sem herdeiros conhecidos, e bonito —, Bete faz questão de que sua orientada chegue cedo ao velório, abrace o prospectado, expresse seu sentimento ("A nossa Ju! Eu não acredito!"), beije-o demoradamente perto da boca, por descuido, e fique ao seu lado até fecharem o caixão, alerta contra outros decotes.

Enquanto isso, Bete cuida da retaguarda. Observa a aproximação de possíveis concorrentes e, quando pode, barra o seu progresso em direção ao viúvo. ("Por favor, vamos deixar o homem em paz.") De tanto frequentar velórios, Bete já conhece a concorrência. Sabe que elas vêm dispostas a tudo. Quando o viúvo é muito importante e forma-se uma multidão à sua volta, dificultando o acesso, abrem caminho a cotoveladas. Não hesitam nem em ficar de quatro e engatinhar, entre as pernas, até o viúvo. A Bete compreende. Sabe o valor de um bom viúvo em tempos como este.

"Estamos numa selva", diz Bete, para encorajar alguma cliente que hesita. E lembra sempre:

— Mostre o rego. O rego é importantíssimo.

A mulher do vizinho

Sérgio abriu a porta e era a mulher do vizinho. A fantástica mulher do vizinho. A fantástica mulher do vizinho dizendo "Oi". A fantástica mulher do vizinho perguntando, depois do "Oi", se podia pegar uma toalha que tinha voado da sacada deles — "Sabe, o vento" — para a sacada dele.

— Entre, entre — disse o Sérgio, checando rapidamente, com a mão, se sua braguilha não estava aberta. Morava sozinho, às vezes se descuidava destas coisas.

Ela começou a entrar, mas parou. Ficou como que paralisada, só os olhos se mexendo. Os grandes olhos verdes e arregalados indo de um lado para o outro.

— Ih — disse a mulher do vizinho. — Surtei.

— Que foi? — perguntou Sérgio, já pensando em como socorrê-la ("Vamos ter que desamarrar esse bustiê"), já pensando em ambulância, hospital, confusão, mal-entendido com o vizinho...

Mas ela explicou:

Amor Verissimo **!** 55

— O seu apartamento é exatamente o oposto do nosso. Preciso me acostumar...

Ela entrou devagarinho. Como se, além de ser o avesso do seu, o apartamento de Sérgio pudesse conter outras surpresas. O chão podia estar no teto e o teto no chão.

— Que coisa! — disse a mulher do vizinho, passando por Sérgio e parando no meio da sala.

Exatamente o que Sérgio tinha pensado ao ver que sobrava um pouco de nádega onde acabava o shortinho da mulher do vizinho. No caso, que coisas!

— Você quer sentar?

— Como?

— Até se orientar...

Ela sentou-se, ainda maravilhada.

— Nossa televisão também fica ali, só que ao contrário!

Ele tentou acalmá-la.

— Você quer um copo d'água?

— Você é solteiro?

— Sou.

— Meu marido é casado. Aliás, comigo. Viu só?

— O quê?

— É tudo ao contrário!

— É. Eu...

— Palmeiras ou Corinthians?

— Corinthians.

— Ele é Palmeiras!

— Puxa.

— Destro ou canhoto?

— Destro.

— Meu marido é canhoto!

— E você?

— Eu o quê?

— Palmeiras ou Corinthians? Destra ou canhota?

Ela tinha se levantado e estava andando pela sala. Cuidadosamente, até se acostumar com tudo ao contrário. Disse:

— Não dou muita importância para essas coisas.

* * *

Foi nesse momento que Sérgio se apaixonou pela mulher do vizinho.

Os grandes olhos verdes tinham ajudado, claro. Os nacos de nádega sobrando do shortinho também. As coxas longas, sem dúvida. O "erre" meio carregado (ela dissera "Palmeirrras" e "Corrinthians", em alemão) contribuíra. Mas Sérgio se apaixonou pela mulher do vizinho quando ela declarou que não dava muita importância para essas coisas, times de futebol, ser destro ou ser canhoto... Ficou esperando que ela dissesse "Isso é coisa de homem" para se atirar aos seus pés e beijá-los, mas ela não disse. Ela conseguiu chegar até a sacada, apesar de desorientada, e apanhar a toalha. Mas quando se virou para reentrar na sala, ficou paralisada outra vez. Ficou em pânico.

— Ai, meu Deus.

— O que foi?

— A porta da rua. Onde fica a porta da rua?

— É aquela ali.

— Ai, meu Deus. Eu não consigo me orientar.

— Pense no meu apartamento como o seu apartamento visto no espelho. A esquerda fica na direita e a direita...

— Por favor: esquerda e direita não, senão complica ainda mais!

Ele foi buscá-la. Ele foi salvá-la da sua confusão. Ele enlaçou sua cintura com um braço, segurou a sua mão e começou a acompanhá-la até a porta, como se dançassem um minueto. Pensou em dizer que também estava desorientado (o amor, o amor) e levá-la para o seu quarto, para a sua cama. Imaginou-se tendo dificuldade para desamarrar o bustiê, os dois chegando à conclusão de que no apartamento dele o bustiê deveria ser desamarrado ao contrário, depois desistindo de desamarrar o bustiê e se amando. O bustiê arrancado. O shortinho arrancado. E a mulher do vizinho, como se não bastassem o "erre" um pouco carregado e tudo mais, revelando que não usava calcinha. E dizendo que ele era tudo que o vizinho não era. Que ele era o oposto do vizinho em tudo. Em tudo!

* * *

Mas chegaram, não ao orgasmo simultâneo ("Com ele isto nunca aconteceu, com ele é o contrário!"), mas à porta. Ela agradeceu, se despediu e já ia saindo, levando a sua toalha, e todas as esperanças do Sérgio, quando se virou, deu outra passada de grandes olhos verdes pelo apartamento, e disse:

— Preciso voltar aqui.

— Para se acostumar — disse Sérgio.

— É — disse ela.

E sorriu.

Ainda por cima, ela sorria!

Macarronada

Helena e Marcos decidiram se casar. Helena avisou a família e ouviu uma queixa do avô:

— Eu não conheço o moço.

Em seguida o avô se lembrou dos tempos em que estamos vivendo e emendou:

— Suponho que seja um moço.

— É, nono. É homem. Vai ser um casamento tradicional.

— Mas eu nem conheço o moço!

* * *

Combinaram que haveria um jantar para o avô conhecer o moço. E mais: o nono cozinharia. Faria a sua elogiada macarronada com molho de ragu secreto. A macarronada era elogiada pela família para agradar o velho, pois o ragu era intragável. Desconfiavam que o ingrediente secreto fosse grapa. Felizmente, o velho só fazia a macarronada para ocasiões especiais. Como um jantar para conhecer o moço que casaria com sua neta.

— Não deixe de elogiar a macarronada dele — instruiu Helena.

— Certo.

— Fale alto porque ele está ficando surdo.

— Tá.

— E não fale em política.

* * *

O velho admirava o Mussolini. Dissessem o que dissessem dele, Mussolini trouxera ordem e progresso à Itália. Só Mussolini conseguira que os trens italianos andassem no horário. O Brasil precisava de alguém como o Mussolini. O mundo precisava de muitos Mussolinis.

— Vou declarar que eu sou fascista desde pequeno — propôs Marcos.

— Não precisa tanto. Só não toca no assunto.

— Certo.

— Lembre-se: elogiar a macarronada, falar alto e não tocar em política.

— Perfeito.

* * *

Mas Marcos sentou-se para o jantar nervoso. Não conseguia decifrar o olhar com que o velho o examinava. Aprovação, desaprovação, desconfiança? O velho não falava. Quando chegou a macarronada Marcos se sentiu na obrigação de dizer alguma coisa.

— Ah — disse. — A famosa macarronada com o molho secreto. Sua neta me falou a respeito.

— Quem? — disse o velho.

— Sua neta. Helena.

O velho olhou em volta da mesa como se pedisse socorro. O que aquele moço estava dizendo? Marcos, cada vez mais nervoso, falou mais alto:

— O molho secreto! Maravilhoso! Ainda não provei, mas só a cor...

— Ahn — fez o velho. — Vermelho. Você gosta de vermelho?

— Não! Não! E tem mais...

Marcos estava tomado de uma espécie de frenesi. Quase gritou:

— Eu acho que o que este país precisa é de alguém que faça os trens andarem no horário!

O velho sorriu. Gostara do rapaz. Fez questão que ele repetisse a macarronada com molho de ragu secreto. E o ragu estava pior do que nunca.

Até a esquina

Aconteceu mesmo. Um dia ele disse que ia na esquina comprar cigarro e desapareceu. Não é força de expressão, sentido figurado ou piada. Ele disse exatamente isto: "Vou ali na esquina comprar cigarro"... E ficou dez anos desaparecido.

Há algum tempo, reapareceu. Bateu na porta, a mulher foi abrir, e lá estava ele. Dez anos mais velho, mas ele. Quieto. Sem dizer uma palavra.

A mulher despejou sua revolta em cima dele. Seu isso! Seu aquilo! Então você diz que vai na esquina comprar cigarro e desaparece? Me abandona, abandona as crianças, fica dez anos sem dar notícia e ainda tem o desplante, a cara de pau, o acinte, a coragem de reaparecer deste jeito? Pois você vai me pagar. Fique sabendo que você vai ouvir poucas e boas. Essa eu não vou lhe perdoar nunca. Está ouvindo? Nunca. Entre, mas prepare-se para...

Nisso o homem deu um tapa na testa, disse:

— Ih, esqueci os fósforos.

E desapareceu de novo.

Estranhando o André

Leila aceitou a carona do André. Estava com sono, queria ir para casa e quando o André disse que a festa estava boa, mas precisava ir embora e perguntou se alguém aceitava uma carona, hesitou só por dois segundos. Sabia, por experiência própria, o que significaria ficar sozinha com o André. Uma vez tivera que recorrer à força física para contê-lo, e mesmo com o nariz sangrando o André insistira. "Pô, Leilinha, só um beijinho." Outra vez ela até ameaçara pular do carro em movimento se ele não parasse com aquela mão. Mas Leila aceitou a carona. Afinal, sabia se defender. Se aprendera alguma coisa nos anos de convivência com o inconsequente André, era a resistir aos seus avanços. Resistira ao André lamuriento. Resistira ao André infantil, pedindo como uma criança. Resistira ao André cantando boleros no seu ouvido. Resistira ao André se fazendo de louco apaixonado. Dez anos de avanços repelidos. Tinha prática.

* * *

Já estavam rodando uns quinze minutos em silêncio quando a Leila falou.

— Tou te estranhando, André.

— Por quê?

— Estamos neste carro há meia hora e você ainda não me deu uma cantada.

— Pois é.

"Pois é"?! O que queria dizer "Pois é"? E aquele tom sombrio?

— Sou eu, é? Eu não sou mais cantável?

— Não. Quié isso. Você continua linda. É que, sei lá. Desisti.

— Ainda bem. Porque você sabe que era um chato, não sabe?

— Sei, sei.

Ela examinou seu rosto. Perguntou:

— Você está com algum problema de saúde?

— Não, não.

— O que é então?

— É tudo, entende? Tudo. Desisti de tudo.

* * *

Não dava para acreditar. O André deprimido. Ela bem que notara que ele não parecia o mesmo, na festa. Não repetira as brincadeiras sem graça de sempre. "Atenção pessoal: concurso de peitos — mas só dos homens!" Não provocara os protestos de sempre agarrando a bunda das mulheres com quem dançava e explicando que ainda era do tempo do *cheek-to-cheek*. E agora ali, sério daquele jeito. Grave. Não dava para acreditar, o André grave.

— O que foi? Uma desilusão amorosa?

— Não.

— Eu nunca topei as suas cantadas porque sabia que não era coisa séria. Foi para proteger a nossa amizade.

— Eu sei. A culpa não é sua.

— O que é, então?

— Desencanto. Sabe como é? Comigo mesmo. Com a humanidade em geral. Com tudo.

* * *

Tinham chegado ao edifício em que morava a Leila.

— Você quer subir pra conversar?

— Não. Obrigado, Leila. Não estou a fim.

— Só pra tomar alguma coisa. Desabafar.

— Não, não. Obrigado. Vou pra casa dormir.

Era como se ela estivesse falando com outro homem. O André em crise existencial ficara, o quê? Mais denso. Mais interessante. Leila perguntou:

— E se a gente fosse para um motel?

Ele sorriu tristemente.

— Não, Leila. Não precisa.

— Como, "Não precisa"? Eu não estou sendo caridosa. Eu quero dormir com você.

— No estado em que eu ando, seria um fracasso. Para mim não seria uma transa, seria uma forma de psicoterapia heteroempática. Você não merece isso, Leilinha.

Não dava para acreditar, o André dizendo "psicoterapia heteroempática". Leila ficou ainda mais excitada. Ordenou:

— Vamos para um motel!

* * *

No motel, ela tomou a iniciativa. Aquela não seria uma relação inconsequente. Seria uma relação complicada. Seria uma relação muito, muito complicada. Pensou Leila, arrancando as calças do André.

O deus Kramatsal

Dudu convenceu os pais de que estudar não era com ele.

— Não me amarro, entende?

O pai do Dudu ainda tentou dissuadi-lo de largar a escola.

— Eduardo, fica só pelo diploma. Só pra ter cela especial.

— Meu negócio é outro.

O negócio do Dudu era surfar. E como Dudu era filho único e sempre conseguia o que queria, saiu a surfar pelo mundo. Só entrava em contato com a família para pedir dinheiro. Volta e meia mandava um postal de um lugar estranho, dizendo que estava bem, saúde perfeita. Saúde com cê cedilha.

Mas um dia telefonou para avisar que estava voltando, e com uma surpresa.

* * *

A surpresa era Sakiri. Ou "Princesa Sakiri", como ele a apresentou à família boquiaberta. Sakiri era uma das cinco filhas do chefe Bobua, rei da ilha Maaboa, uma das Epírades Ocidentais. Ela e Dudu tinham se casado numa cerimônia à beira de um vulcão, e a festa do casamento durara três dias. Dudu podia escolher entre as cinco filhas do rei e escolhera a mais bonita. E Sakiri era mesmo linda. E olhava para o Dudu com adoração, como se Dudu fosse um deus. E a cada coisa que o Dudu dizia, seus olhos brilhavam, maravilhados.

— Tô bem de mina, hein, galera?

E Sakiri quase se desmanchava.

* * *

Sakiri falava um pouco de inglês, e foi através dela que a família ficou sabendo mais sobre aquele casamento insólito. Dudu chegara a Maaboa de barco, vindo de outra ilha. Ouvira dizer que as ondas dali eram ótimas para surfar. Na chegada, recebido por nativos na praia, dissera as exatas palavras que, segundo uma velha lenda, seriam ditas pelo deus Kramatsal quando voltasse à Terra. O deus Kramatsal poderia voltar à terra em qualquer forma e de qualquer cor: suas palavras é que o identificariam. E Dudu dissera as palavras, as exatas palavras, que o identificavam como o deus Kramatsal! Que, segundo a lenda, casaria com uma das filhas do rei, à sua escolha, e ficaria na ilha para salvá-la, como já tinha acontecido no passado.

* * *

— Dudu, o que foi que você disse quando chegou na praia?

— Não me lembro. Acho que foi "E aí, macacada?". Por quê?

Dudu não tinha ideia do que causara todo aquele rebuliço, na sua chegada à ilha. A procissão nos ombros dos nativos até a presença do rei Bobua e a escolha de uma das suas filhas para casar, as homenagens e os presentes que recebia dos nativos a toda hora... Como era filho único, acostumado a ser mimado, aceitara tudo aquilo com naturalidade. Estava agradando, era só isso. Ficou surpreso ao saber que era considerado um deus redivivo. Kramaoque?

— E eu que pensei que era tudo hospitalidade, pô.

* * *

A muito custo, a família convenceu Dudu a ficar em casa, com sua nova mulherzinha. O pai lhe conseguiria um emprego, e sempre que quisessem eles poderiam passar algumas semanas em Maaboa, onde as ondas eram ótimas para surfar. Mas um dia Sakiri viu no *Jornal Nacional* que um vulcão na ilha de Maaboa, uma das Epírades Ocidentais, estava ameaçando entrar em erupção, e anunciou que precisava voltar para a sua ilha imediatamente — e Dudu precisava ir com ela. Não adiantou a família dizer que aquilo era loucura, os dois tinham que voltar a Maaboa. Com urgência.

* * *

Mesmo quando foi levado até a beira do vulcão fumegante, Dudu não se deu conta do que esperavam dele. Se não dissesse a palavra mágica que fizesse a lava borbulhante retroceder, seria jogado dentro do vulcão, como já acontecera com o deus Kramatsal em sua outra encarnação. Dudu olhou dentro do vulcão, onde a lava borbulhante crescia cada vez mais e em pouco tempo transporia as bordas da cratera e arrasaria com a ilha e, provavelmente, todas as Epírades Ocidentais, e exclamou:

— Cacete!

Deu certo. A lava borbulhante retrocedeu, o vulcão serenou, a ilha e o arquipélago foram salvos.

* * *

Os dois aproveitaram para ficar uns dias em Maaboa. Sakiri reviu sua família, Dudu pegou algumas ondas ótimas e o rei Bobua deu várias indiretas sobre a possibilidade de um neto, já que precisa de um herdeiro.

Rarefazendo-se

Berço é tudo. Quem não tem berço não sabe de onde veio nem para onde vai, e o que lhe cabe das bênçãos do mundo. Mesmo em países sem pedigree como o Brasil, em que a tradição deve se adaptar à umidade e aos insetos, berço é tudo. Não faz muito, perguntei a maman se meu berço era mesmo de ouro e ela respondeu: "Folheado, mas não espalha."

* * *

Para terem uma ideia do meio em que fui criado: certa vez tive que descrever ao médico da família a cor da minha expectoração, numa das minhas gripes infantis, e respondi "verde Watteau". Instado por papá a ser mais específico, disse que meu catarro lembrava o céu aquoso no fundo do quadro *Les plaisirs du bal*, do mestre do rococó francês. Eu tinha 7 anos e maman ainda me vestia de veludo. (Lembro até hoje a assadura nas coxas, para não dizerem que foi uma infância sem traumas.) Desconfio que o médico da família me receitou um purgante forte, estranho remédio para uma gripe, por pura implicância com a minha precocidade.

* * *

Durante toda a vida tive que enfrentar o ressentimento dos menos afortunados. Com a minha origem, como o dos meus colegas de internato na Suíça quando me pediam para mostrar onde ficavam nossas propriedades no Brasil e eu dizia que nossas propriedades eram o Brasil, e eles me chutavam. Com o meu refinado gosto artístico, como o da plateia quando eu subi no palco durante um concerto regido por von Karajan para corrigir o dedilhado do *spalla* e fui retirado à força, esperneando e gritando sob vaias: "Alguém tinha que defender o Beethoven!"

* * *

Sou filho único. Maman só teve a mim. Segundo ela, toda mulher deve ter a experiência de um parto na vida, mas dois já é mania. Como vingança, eu fingia que não conseguia distinguir maman das minhas babás e até sugeri que usassem crachás, para facilitar a identificação. Tive várias amas de leite — na verdade ainda tenho uma, que viaja comigo, pois não aceito outro leite com meu café da manhã a não ser o dela. (Já fomos expulsos de alguns dos melhores hotéis do mundo, onde confundiram meus hábitos alimentares com atos de luxúria com uma classe inferior.) Chère Bonifácia.

* * *

Nunca entendi muito bem o que papá faz. A resposta que ele dá — "Qualquer coisa" — não ajuda. Sei que descendemos de portugueses que chegaram ao Brasil com as primeiras caravelas e desde então não pararam de explorar os nativos e mandar tudo o que encontram ou fazem por lá para fora. Ouro, prata, minério, pedras preciosas, borracha, açúcar... Nossa família era a maior dona de escravos do Império e papá ainda mantém escravos clandestinamente nas suas plantações e engenhos, para honrar a tradição. Papá é um sentimental. Foi o último da nossa linhagem a nascer em berço de ouro maciço. Estudou na Inglaterra e também me mandou estudar na Europa, onde, ao contrário dele, adquiri uma consciência social, comecei a pensar seriamente na situação do meu país e dos meus conterrâneos, e tomei uma decisão: nunca mais voltar da Europa.

* * *

Fui precoce em tudo. Comecei a andar com menos de 2 anos de idade. Em Paris. Nunca tinha estado lá antes, mas sabia exatamente onde queria ir. De repente fiquei de pé, dei ordens: "Não me segurem nem me guiem!" — e fui passear na beira do Sena, subir à Sacre Coeur, ver as ninfeias do Monet, com maman e suas ajudantes correndo atrás, e só parando para trocar as fraldas. Papá pagou meus anos de conservatório e de Cordon Bleu e me mantém na Europa com remessas ilegais, ajustadas conforme o preço dos Bordeaux da temporada. Apesar da distância, comecei a notar uma estranha relação entre a minha vida e a situação do Brasil. Quanto mais brutal fica a vida aí, mais depurados ficam os meus gostos aqui. Hoje só como quando consigo mesa no El Bulli, perto de Barcelona, onde sempre peço uma espuma tão volátil que às vezes foge do prato e é preciso persegui-la pelo salão. No resto do tempo, me sustento com os Bordeaux, o leite da Bonifácia e a arte. Estou magro e lúcido, substituí a digestão de sólidos pela ruminação de teorias abstratas. As más notícias do Brasil aguçam meu ouvido perfeito, já sou barrado na ópera porque temem que eu interrompa uma ária, reclamando da afinação. Sinto que a situação do Brasil se deteriora à medida que me rarefaço.

* * *

Papá manda dizer que está difícil mandar a mesada em dinheiro, mas que tem investindo em outras áreas, e pergunta se eu me importo de receber em cocaína. Olho-me no espelho, e estou tão rarefeito que quase não me enxergo.

O teste

Ele e ela atirados no sofá, cada um para um lado. Ela lendo uma revista, ele lendo um jornal. Ela se debruça por cima dele, procurando alguma coisa na mesinha ao lado do sofá, depois enfiando a mão entre as pernas dele e o estofamento. Ele pensa que a intenção dela é outra e se entusiasma.

— Epa. Opa. É por isso que eu gosto dessas revistas femininas. São puro sexo... Cento e dezessete maneiras de atingir o orgasmo usando utensílios domésticos, inclusive o seu marido. Chuchu, esse afrodisíaco desconhecido. Você também pode ter os seios novos da Xuxa, quando ela não estiver usando... Vocês começam a ler essas revistas, se excitam e...

— Encontrei.

— Claro que encontrou. Você pensou que ele tivesse se mudado? Continua no...

— O lápis. Eu sabia que ele estava dentro do sofá.

— Lápis?

— Pra fazer este teste da revista. Vamos lá. "Você chega em casa e diz que precisa fazer uma reavaliação das suas prioridades, recuperar o seu espaço pessoal e dar um tempo para o casamento, e declara que vai viajar sozinha. Ele a) dirá que tudo bem, desde que você faça um rancho no supermercado antes de ir, b) acusará você de ter um amante e exigirá saber quem é, c) dará uma risada e dirá "boa, boa, conta outra" ou d) dirá que entende você e apoia sua decisão." "Você", no caso, sou eu.

— E "ele" sou eu?

— "Ele" é você.

— D.

— O quê?

— D. A resposta dele, que sou eu, é D.

— Você me entenderia e me apoiaria?

— Sem a menor dúvida.

Ela anota com o lápis, não muito convencida, e continua.

— "Ele tem um hábito que você não suporta, mas nunca mencionou. Um dia, você resolve falar e pede que ele pare, senão você enlouquece. Ele a) dirá que você tem vários hábitos que também o deixam maluco e só para se você parar, b) dirá que devemos aceitar as pessoas como elas são, com todas as suas imperfeições, e que você está sendo insensível e intolerante, c) dirá que fará o possível para parar, pois a sua aprovação é a coisa que ele mais preza, ou d) negará que tenha o hábito e dirá que você só está atrás de um motivo para criticá-lo."

— C.

— C?

— Ele disse C.

— Se eu pedisse para você abandonar um hábito que me incomodasse...

— Eu pararia na hora.

— Mesmo?

— Mesmo.

Ela anota e recomeça a leitura.

— "Você..."

— Espera um pouquinho. Esse teste não é pra mim. É pra você. É para a mulher responder o que espera do marido. Que tipo de homem ela pensa que ele é. No final, dependendo das respostas, a revista diz "Separe-se desse monstro imediatamente!" Ninguém quer saber as nossas respostas. Desprezam a nossa autoavaliação.

— Não é bem assim...

— É, sim. É por isso que eu não gosto de revistas femininas. Não têm o menor interesse em homem, a não ser como objeto sexual. São feitas por mulheres para mulheres. E o que é que mulher mais gosta de ler, ouvir e ver? Outras mulheres. Alguém já viu um homem na capa de uma revista feminina? Nunca. É tudo narcisismo. Delas para elas. Até os testes.

Ela atira a revista e o lápis longe.

— Pronto. Acabou o teste.

Ela o abraça.

— Ficou bravinho, ficou?

— Sentido.

Ela o beija. Ele se deixa beijar. Ela o beija com mais ardor. Ele enfia a mão entre as pernas dela. Ela faz "Mmmmm. É assim que eu gosto". Ele diz:

— Encontrei.

— O quê?

— O controle remoto.

E liga a televisão.

Casamento

O tão discutido casamento homossexual não deixa de ser uma sequência natural da longa e estranha história de uma convenção, a união solene entre duas pessoas, que começou no Éden. A Bíblia não esclarece se Adão e Eva chegaram a se casar formalmente. Deve ter havido algum tipo de solenidade. Na ausência de um padre, o próprio Criador, na qualidade de maior autoridade presente, deve ter oficiado a cerimônia. No momento em que Deus perguntou se alguém no Paraíso sabia de alguma razão para que aquele casamento não se realizasse, ninguém se manifestou, mesmo porque não havia mais ninguém. A cerimônia foi simples e rápida, apesar de alguns problemas — Adão não tinha onde carregar as alianças, por exemplo —, e Adão e Eva ficaram casados por 930 anos. E isso que na época não existiam os antibióticos.

Mais tarde, instituiu-se o dote. Ou seja, as mulheres, como caixas de cereais, passaram a vir com brindes. O pai da noiva oferecia, digamos, dez cântaros de azeite e dois camelos ao noivo e ainda dizia:

— Pode examinar os dentes.

— Deixa ver...

— Da noiva não, dos camelos!

Houve uma época em que os pais se encarregavam de casar os filhos sem que eles soubessem. Muitas vezes, depois da cerimônia nupcial, os noivos saíam, ofegantes, para a lua de mel, entravam no quarto do hotel, tiravam as roupas, aproximavam-se um do outro — e apertavam-se as mãos.

— Prazer.

— Prazer.

— Você é daqui mesmo?

Eram comuns os casamentos por conveniência, pobres moças obrigadas a se sujeitar a velhos com gota e mau hálito para salvar uma fortuna familiar, um nome ou um reino. Sonhando, sempre, com um Príncipe Encantado que as arrebataria. O sonho era sempre com um Príncipe Encantado. Nenhuma sonhava com um Cavalariço ou com um Caixeiro Viajante Encantado. Mais tarde veio a era do Bom Partido. As moças não eram mais negociadas, grosseiramente, com maridos que podiam garantir seu futuro. Eram condicionadas a escolher o Bom Partido. Podiam namorar quem quisessem, mas na hora de casar...

— Vou me casar com o Cascão.

— O quê?!

— Nós nos amamos desde pequenos.

— O que que o Cascão faz?

— Jornalismo.

— Argh!

A era do Bom Partido acabou quando a mulher ganhou sua independência. Paradoxalmente, foi só quando abandonou a velha ideia romântica do ser frágil e sonhador que a mulher pôde realizar o ideal romântico do casamento por amor, inclusive com o Cascão. Só havendo o risco de o Cascão preferir casar com o Rogério.

O filósofo e seu cachorro

O filósofo costumava falar com seu cachorro. Os dois estavam chegando ao fim da vida ao mesmo tempo e a idade os aproximara ainda mais. O filósofo não podia mais ler ou escrever, e falar com o cachorro era a única maneira de desfiar seus pensamentos, pois sua mente continuava ativa. A família do filósofo não tinha muita paciência para ouvir suas divagações, enquanto o velho cachorro não tinha mais nada a fazer senão ficar deitado aos pés do seu dono enquanto ele falava, falava, falava. O filósofo sabia que o cachorro provavelmente dormia ao som da sua voz, mas não se importava. Pelo menos sua voz tinha um destino, dois ouvidos leais, em vez de se perder no espaço vazio da biblioteca.

Mas um dia aconteceu o seguinte: o cachorro respondeu.

O filósofo tinha dito:

— Pensando bem, a morte é uma dádiva.

E o cachorro:

— Desenvolve.

O filósofo olhou em volta. Quem dissera aquilo? Perguntou para o espaço vazio:

— O quê?

— "A morte é uma dádiva." Desenvolve a tese.

Não havia dúvida, quem estava falando era o cachorro. O filósofo hesitou, limpou a garganta, depois disse:

— Bem, não é exatamente uma tese. É mais um consolo.

— Como assim?

O cachorro falava sem abrir os olhos.

— Você já pensou — disse o filósofo — se nós vivêssemos para sempre? Estaríamos obrigados a entender o Universo. As razões da existência, o sentido da vida, essas coisas. Como são coisas incompreensíveis, viveríamos com a permanente consciência da nossa incapacidade, da nossa insuficiência mental. Do nosso fracasso. Seria uma angústia eterna.

— E a morte é melhor do que isso?

— A morte nos exime. Somos visitantes no Universo. Suas grandes questões não nos dizem respeito, pois estamos aqui só de passagem. A finitude é a nossa desculpa para não entender, para não precisar entender. A dádiva da morte é nos tornar iguais a vocês.

— Nós quem?

— Os bichos. Vocês têm cosmogonias? Especulações metafísicas? Algum tipo de inquietação existencial?

— Eu, não. Não posso falar pelos outros. Mas vem cá...

— O quê?

— Não é justamente o fato de vocês serem mortais, finitos e passageiros que dá origem a todas as cosmogonias, a toda metafísica? A morte não é a mãe da filosofia?

— A recusa da morte é a mãe da filosofia. A ideia de deixar de existir é profundamente repugnante para o nosso amor-próprio. Aceitando a morte como um consolo, como um álibi, eu também estou me livrando desta absurda pretensão do meu ego, que é a de que eu não posso simplesmente acabar. Logo eu, de quem eu gosto tanto. Por isso se inventam religiões, e mil e uma maneiras de a vida continuar, nem que se volte como um cachorro.

— Epa.

— Foi só um exemplo. Mas eu renuncio à filosofia, renuncio a toda especulação sobre o mistério de ser, e aceito o meu fim. Estou pronto a pensar no Universo e na morte como um bicho.

— Mas eu nunca penso no Universo ou na morte.

— Exatamente. Porque você não sabe que vai morrer.

— Fiquei sabendo agora. Obrigado, viu?

— É isso que eu quero. Essa sábia ignorância, essa burrice caridosa... Podemos até trocar de lugar, se você concordar. Lhe dou todas as minhas especulações, minhas teses, meu ego e minha angústia, em troca da sua paz.

— Acho que sua família não aprovaria. E não sei se eu ficaria bem de cardigã.

Nisso a neta do filósofo entrou na biblioteca e tentou acordá-lo, sacudindo-o e dizendo "Vô, vô, o lanche", mas não conseguiu, e foi correndo chamar a mãe.

O cachorro também continuou com os olhos fechados.

Assistente de mágico

Tinha as artistas de cinema, claro. As americanas. As francesas. Meu Deus, as italianas. Poucas suecas. Uma ou outra latino-americana. E as nacionais. Andavam pelos seus sonhos, algumas com mais roupa do que outras, e você sabia tudo sobre elas. Medidas, hábitos, cor favorita, último caso, tudo. Eram ao mesmo tempo íntimas e universais, só suas e de todo o mundo. Existiam para isso, para serem suas amantes imaginárias, compartilhadas com toda a sua geração. O cinema as distribuía em partes iguais, e cada adolescente perebento que sonhasse com sua parte como quisesse.

* * *

Mas também tinha as que não eram do cinema. As que não eram servidas numa tela grande para o consumo da sua imaginação. Você as via ao vivo, algumas mais ao vivo do que outras. Por exemplo: contorcionistas. Você raramente sabia mais da contorcionista do que via no palco ou no picadeiro: os shortinhos e o bustiê cravejados e o que ela fazia, incrivelmente, com o próprio corpo. Não sabia seu nome, podia apenas adivinhar sua história e sua vida e nem imaginar como a possuiria se, por acaso, ela aparecesse na sua cama depois do espetáculo. Isto vai onde, e como é possível eu estar beijando os seus pés e você mordiscando a minha orelha? Bailarinas. A quarta a contar da direita, a moreninha. A que, você tem certeza, está olhando para você. A que descobriu o seu rosto no meio da plateia e também se apaixonou, e quer ter um filho seu, mas de quem você jamais saberá nada.

*   *   *

Mas, confesse. Você tinha uma predileção especial por assistente de mágico. Assistente de mágico é sempre linda, mas não é só isso. Assistente de mágico sorri muito e tem grandes coxas, mas não é só isso. Assistente de mágico nunca tem muito o que fazer. Segura a capa do mágico e, eventualmente, enfia as espadas no baú em que ele se meteu, mas na maior parte do tempo só fica fazendo poses — e no entanto era a coisa mais espantosa do espetáculo, mais do que qualquer truque do mágico, pelo menos para você. Mas também não era só isso. O mais irresistível da assistente de mágico era que nada a impressionava. Nada afetava a sua pose. O mágico tirava moedas de ouro do nariz e ela sorria. O mágico transformava um lenço branco numa pomba branca e a pomba numa rosa branca, que dava para a assistente, e ela pegava a rosa branca como se todas as flores tivessem aquela vida pregressa, qual era a novidade? Sorrindo o mesmo sorriso. O mágico pulava, sem um arranhão, de dentro do baú trespassado por espadas, e ela sorria. Se o mágico saísse em tiras sangrentas de dentro do baú sua pose não mudaria, e ela o acompanharia na ambulância com o mesmo sorriso.

*   *   *

Você podia sonhar com artistas de cinema e trapezistas, colegas de escola e vizinhas, primas e executivas, mas com as assistentes de mágico sua imaginação emperrava. Assistentes de mágico não eram para qualquer perebento. Você sabia que os mágicos faziam seus truques para suas assistentes. Era para tentar impressioná-las que inventavam mágicas cada vez mais elaboradas, escrivaninhas que viravam rinocerontes, títulos e debêntures do nariz, o coração tirado do peito e pulando pelo palco feito um sapo — e elas indiferentes, sorrindo, o pensamento longe. Assistente de mágico era o supremo desafio para os seus hormônios descapados. Você fisgava bailarinas só com um olhar fixo. Só a distância separava qualquer top model do mundo do seu colchão. Mas era impossível pensar no que comoveria uma assistente de mágico, a ponto de ela envolver seu corpo com suas grandes coxas e dizer "uau". Assistentes de mágico pertenciam a outra raça. Nenhum homem as conquistaria, ainda mais você, uma ereção cercada de ilusões. Eram treinadas para jamais dizerem "uau".

Emotiva

A Maria Helena engravidou, era o primeiro filho e ela ficou muito emotiva. O Raul descobriu isso um dia quando entrou na cozinha e a encontrou sentada na frente de uma torrada, chorando. Levou um susto:

— O que foi?!

A Maria Helena nem podia falar.

— Que foi, Maria Helena? Tá sentindo alguma coisa?

A Maria Helena soluçava. Sacudiu a cabeça. Apontou para a torrada e conseguiu dizer:

— Essa torrada!

— O que que tem a torrada?

Ela estava começando a se controlar.

— Não tem nada. É que eu vi a torrada, assim, no prato...

E Maria Helena caiu de novo num choro convulsivo. Só muito depois pôde explicar que a torrada, daquele jeito, a deixara comovida.

— Que jeito, Maria Helena?

— Assim, no prato. Sozinha. Com as bordas queimadas, coitadinha. Sei lá, eu...

O choro não deixou Maria Helena terminar.

No outro dia foi uma nuvem. Maria Helena chamou o marido para ver pela janela. Uma nuvenzinha cor-de-rosa, no fim do dia. Tão... tão... E o Raul teve que amparar a mulher, que chorava de ganir contra o seu peito.

Passou todo mundo a esperar as crises emotivas da Maria Helena. O Raul telefonava para os amigos. Contava:

— Desta vez foi aquele comercial da TV. Dos detergentes. Ela ficou com pena do que não lavava tão branco. Chorou a noite inteira!

Mas o cúmulo foi quando, numa reunião, o Almir mostrou o celular novo que tinha comprado, um pequenininho que cabia no bolso da camisa. A Maria Helena não aguentou. Tiveram que trazer água para acalmá-la. Ela repetia "Que coisa mais querida, que coisa mais querida". E o pior é que sua emoção era contagiante. Já tinha mais gente com lágrimas nos olhos, enternecida, sem saber por quê, com o celularzinho do Almir. A reunião acabou.

O Raul não vê o dia de o bebê nascer.

Os seios da Maria Alice

O irmão da noiva foi encarregado de fazer o vídeo do casamento e apareceu no altar com um negro grande chamado Rosca para segurar as luzes. O irmão e o Rosca passaram todo o tempo circundando o casal e o padre, com o irmão sinalizando onde queria as luzes e o Rosca tirando padrinhos e madrinhas do caminho, subindo em nichos do altar e se agarrando em santos para se colocar, e a certa altura da cerimônia batendo no ombro do padre e pedindo "Qué dá licença?", porque o padre estava fazendo sombra.

* * *

Na fila dos cumprimentos, a Maria Alice, com quem o noivo quase se casara, se aproximava, com seus seios portentosos. Mais de uma amiga, depois de beijar a noiva, avisou: "Viu quem está na fila?", e a noiva firme, só pensando "Cadela". Quando Maria Alice e seu decote chegaram na frente do noivo ele, de olho no decote, perguntou "Como vão vocês?" e depois não pôde se corrigir porque a Maria Alice estava abraçando-o e beijando-o e desejando toda a felicidade do mundo, viu? De coração. E para a noiva: você também, querida.

* * *

Na recepção, depois, a mãe da noiva dançou com o noivo, o pai do noivo dançou com a noiva, a mãe do noivo dançou com o pai da noiva, a nova mulher do pai da noiva dançou com o namorado da mãe do noivo, a terceira mulher do pai do noivo dançou com o Rosca e o padrasto da noiva, felizmente, estava com um problema na perna.

* * *

— Você, quando viu a Maria Alice, não...

— Não!

— Jura?

— Juro.

— Porque com todo aquele enchimento...

— Enchimento? Você acha?

— Pelo amor de Deus! Silicone!

— Sei não...

Ele ia dizer que conhecia os seios da Maria Alice pessoalmente, que botava as mãos no fogo pelo... Mas ela tinha começado a chorar.

— Bitutinha! O que é isso?

— Não sei...

— Chorando por causa dos seios postiços da Maria Alice, Bitutinha?!

— É insegurança, entende?

* * *

Quarta ou quinta noite da lua de mel. Bom como nunca tinha sido antes, nem no namoro. A janela aberta, um único grilo prendendo a noite lá longe, como um alfinete de som, e os dois suados e abraçados na cama do hotel-fazenda. Tão apertado que um parecia querer atravessar o outro, porque não sabiam o que dizer, não sabiam o que era aquilo, aquele se gostar tanto. Bom de doer, bom de assustar. E ele pensando: vai dar certo, vai ser sempre assim, nós vamos ser sempre assim, a felicidade é esta coisa meio muda e desesperada que a gente não quer que acabe, ela vai ser minha mulher para sempre e vai ser bom, eu não precisava ter me preocupado tanto só porque ela pediu para tocarem *Feelings* no casamento.

* * *

— Só dá a Maria Alice!

No teipe do casamento, era mesmo a Maria Alice, no seu vestido vermelho, quem mais aparecia. Mais, até, do que a noiva. O irmão tentou se explicar:

— O vermelho atrai a câmera.

E prometeu um parecer científico que comprovava o fenômeno.

* * *

— Lembra do Rosca pedindo para o padre se afastar porque estava atrapalhando a filmagem?

— Parece que faz tanto tempo, né?

— Bom. Brincando, brincando, lá se vão...

Brincando, brincando, lá se tinham ido dois anos. Depois foram mais cinco, depois mais três...

— Você se dá conta que nós estamos casados há doze anos? Doze anos já se passaram!

E ele, distraído:

— Essas coisas, quando começam, não param.

* * *

— Como é que você me chamava?

— Eu?

— É. Você tinha um apelido pra mim. Na cama. Lembra?

— Tem certeza que era eu?

— Burungunga. Não, Burungunga não. Tutuzinha? Não...

— Pokémon?

— Não, nem existia, na época. Era alguma coisa como... Xurububa.

— Duvido.

* * *

E um dia ele leu no jornal que a Maria Alice faria uma palestra sobre Psicologia Motivacional. Tinha fotografia da doutora Maria Alice: óculos, papada, busto matronal. O tempo, pensou ele. O tempo é isso, o que transforma os seios da Maria Alice em busto matronal. A destruição de impérios e civilizações é só efeito colateral, e não nos diz respeito.

O melhor de tudo

Era uma época cheia de perigos. Sarampo, caxumba, catapora, bicho do pé. Engolir chiclete era perigoso porque colava nas tripas. Fazer careta era perigoso porque se batesse um vento você ficaria com o rosto deformado pelo resto da vida. Pé descalço em ladrilho: pneumonia. Melancia com leite: morte certa. Banho depois de comer: congestão.

Um dia fizeram uma cabana num terreno baldio. Ainda havia terrenos baldios. A cabana era o mundo secreto deles, da turma. Ganhou um nome: Clube da Sacanagem. Ninguém precisava saber o que acontecia lá dentro. Os cigarros roubados de casa. As revistinhas. Mas a primeira coisa que o menino fez dentro da cabana foi comer melancia com leite e não morrer.

Com o tempo, os perigos mudavam. Desatenção na escola, falta de estudo, notas baixas: fracasso, nenhum futuro, ruína. Sexo sem camisinha: doença, gravidez indesejada, ruína. Amizades perigosas: drogas, dependência, nenhum futuro, ruína, morte.

— E banho depois da comida?

A ironia não era entendida.

— Pode.

O grande amor deixava olhar, mas estabelecera um ponto nas suas coxas do qual era proibido passar. Como o Paralelo 38, que dividia as duas Coreias. E ela era rigorosa. No caso de transgressão, soavam os alarmes e havia o perigo até de intervenção americana.

Mas bom, bom mesmo, era o orgulho de um pião bem lançado, o prazer de abrir um envelope e dar com a figurinha rara que faltava no álbum, o volume voluptuoso de uma bola de gude daquelas boas entre os dedos, o cheiro de terra úmida, o cheiro de caderno novo, o cheiro inesquecível de Vick-Vaporub. Mas melhor do que tudo, melhor do que acordar com febre e não precisar ir à aula, melhor até do que fazer xixi em piscina, era passe de calcanhar que dava certo.

É ou não é?

Vassouradas

O casal desenvolvera um método para se comunicar de longe nas reuniões sociais. Quando ele esfregava o nariz queria dizer "vamos embora". Quando ela puxava o lóbulo da orelha esquerda queria dizer "cuidado", geralmente um aviso para ele mudar de assunto. Puxar o lóbulo da orelha direita significava "você já bebeu demais".

Naquela noite houve uma confusão nos sinais. Mais tarde, em casa, ela gritava:

— Você não me viu quase arrancar a orelha esquerda, não?

— Vi, e parei de beber.

— Orelha esquerda não é parar de beber. Orelha esquerda é mudar de assunto!

— Confundi, pronto.

Ele não entendera o sinal e continuara a contar, às gargalhadas, um caso que ouvira. O caso das vassouradas.

* * *

Acontecera durante o carnaval. A mulher tinha ido visitar parentes em Vitória, mas voltara antes do combinado e cruzara na porta de casa com o marido, que saía vestindo um sarongue. Se não estivesse de sarongue ele teria inventado uma história para justificar sua saída de casa àquela hora, numa terça-feira gorda. A súbita vontade de comer um pastel, alguma coisa assim. O sarongue inviabilizava qualquer desculpa. Um sarongue não se disfarça, não se explica, não se nega. O sarongue está no limite da tolerância e do diálogo civilizado. E como o diálogo era impossível, a mulher partira para a agressão. Buscara uma vassoura dentro da casa. E correra com o homem para dentro de casa a vassouradas. A vassouradas!

* * *

— Você não sabia que foi com eles que aconteceu? Com os donos da casa? — gritou a mulher. E completou: — Seu panaca!

— Como é que eu ia saber? Me contaram a história mas não disseram quem era!

— E eu puxando a orelha feito doida.

* * *

Mais tarde, na cama, ele racionalizou:

— Bem feito.

— O quê?

— Pra ela. Não se bate num homem com uma vassoura.

— Ah, é? E o sarongue?

— Não interessa. Nada justifica a vassourada.

— Sei não...

— Podia bater. Podia pedir divórcio. Mas vassourada, não.

O seu tom era o de quem estabelece um dogma. Um mandamento para todos os tempos. Botar o marido para dentro de casa a vassouradas feria a dignidade básica de todos os homens, mesmo os de sarongue.

Aí a mulher disse que o mal já estava feito e que só precisavam repassar o código para que coisas como aquela não acontecessem mais.

Uma mulher fantástica

Ela perguntou como ele reagiria se um dia uma tia hipotética dela viesse hospedar-se com eles. Ele respondeu:

— E desde quando a sua tia solteira de Surupinga se chama Hipotética? Eu sei que ela se chama Amanda. Você vive falando nela.

— Está bem. A tia não é hipotética. É a tia Amanda.

— A visita dela é hipotética.

— Também não.

— Eu sou hipotético.

— Não. Você é um homem compreensivo, que receberá a tia Amanda como se ela fosse a sua tia também. Porque você sabe como eu gosto dela.

— Você não gosta da sua tia Amanda. Você adora a sua tia Amanda. A tia Amanda é seu ídolo

— Eu sempre achei ela um exemplo de mulher moderna, ativa, independente...

— Que nunca saiu de Surupinga.

— Como não? A tia Amanda mora em Surupinga, mas conhece o mundo todo! Já fez até um curso de respiração cósmica na Índia.

— Respiração cósmica?

— Você aprende a respirar no ritmo do Universo, muito mais lento e profundo do que o ritmo da Terra.

— E do que o de Surupinga.

— Ela sempre volta para Surupinga porque cuida dos negócios da família. A tia Amanda também é uma executiva de sucesso. É uma mulher fantástica.

— E quando seria essa visita hipotética da tia Amanda?

Ouvem a campainha da porta.

— Deve ser ela agora!

— Espera. E onde a tia Amanda vai dormir?

— Aqui, no sofá.

— No sofá? Não vai ser desconfortável, para uma senhora?

— E quem disse que ela é uma senhora?

* * *

Tia Amanda não é uma senhora. É uma moça. Linda. Elegante. Fantástica.

— Titia!

— Celinha! Querida!

— Entre!

— Preciso de um homem para carregar esta mala.

— Por sorte, eu tenho um em casa.

Tia Amanda examina-o dos pés à cabeça.

— Mmm. Então esse é o famoso... Como é mesmo o nome?

— Reinaldo.

Quem diz o nome é a Celinha, porque Reinaldo está paralisado.

Fascinado. Embasbacado. Finalmente, consegue falar.

— E essa é a famanda tia Amosa. Ahn, a famosa tia Amanda.

Tia Amanda olha em volta da sala, antes de dar seu veredito com um sorriso irônico:

— Acolhedora.

— Você gosta?

— Um dia vocês se lembrarão deste período em suas vidas e se perguntarão "Como pudemos ser felizes com tão pouco?" É o que os franceses chamam de *nostalgie de la privation*...

— E como vão todos em Surupinga?

— Ninguém vai em Surupinga, minha querida. Em Surupinga só se fica.

— E você, titia? Arrasando corações, como sempre?

— Você sabe o que eu penso dos homens, Celinha. Homem só serve para abrir pote e segurar porta.

Ela se dá conta da presença de Reinaldo e acrescenta:

— Desculpe, Roberto. E para carregar mala.

— E os negócios?

— Cada vez melhores e mais aborrecidos. Eu precisava dar uma saída. Como Paris nesta época é muito chuvosa e Nova York tem brasileiro demais, decidi vir visitar minha sobrinha querida, que não via há tanto tempo.

— E conhecer meu marido.

— Quem? Ah, isso também... Mas chega de falar só de mim. Vamos falar de você. Você estava com saudade de mim, estava?

* * *

Mais tarde, Reinaldo e Celinha no quarto:

— Você disse que ela era fantástica, mas esqueceu um detalhe.

— Qual?

— Ela, além de fantástica, é... Fantástica!

— Você conversaram bastante enquanto eu fazia o jantar...

— Conversamos. Combinamos que ela vai me dar aulas de respiração cósmica.

Celinha ficou pensativa, antes de dizer:

— Não sei se vai ter tempo...

— Por quê?

— Ela vai embora amanhã de manhã.

— Já? Por quê?

— Os negócios em Surupinga. Estão exigindo a presença dela...

— Ela lhe disse?

— Não. Ela ainda não sabe.

Celinha chegara à conclusão de que as pessoas às vezes podem ser fantásticas demais.

Tubarão mecânico

Eram três casais de amigos, todos no lado, digamos, menos ensolarado dos 50 anos. Já tinham jantado, já tinham esgotado todos os assuntos do momento, e estavam entrando nas reminiscências, na fase do lembra quando? E a Rosane inventou de perguntar se todos se lembravam de como tinha se iniciado o namoro que resultara no casamento de cada par. Da gênese, da origem, do foi assim que tudo começou. A primeira voluntária foi a Dolores.

* * *

— Devemos nosso casamento a um tubarão.

— A um tubarão?!

— Não um tubarão de verdade. Um tubarão de cinema.

E Dolores contou que estava num cinema vendo aquele filme de tubarão do Spielberg com um grupo, sentada entre um primo e a única pessoa que não conhecia no grupo.

— Que vinha a ser adivinhem quem?

Viriato, o marido da Dolores, levantou o dedo e disse "Eu". Foi aplaudido por toda a mesa.

— Aí, Vivi!

Dolores continuou:

— Naquela hora em que o tubarão aparece de repente e quase pega o cara, eu levei um susto e me atirei em cima do Vivi. Escondi a cara no peito do Vivi.

— Espera aí — interrompeu o Bruno, marido da Rosane. — Por que você se atirou em cima de um desconhecido e não em cima do primo?

— Na hora, com o susto, não escolhi o lado. Foi uma coisa instintiva, não pensada.

A mesa se dividiu, metade achando que não tinha sido tão instintivo assim, que a Dolores tinha premeditado o bote no Vivi e a história estava mal contada, e metade achando que tudo fora mesmo um acaso.

— E aí o Vivi aproveitou e meteu a mão?

— Não. Eu pedi desculpas, nós rimos muito, na saída do cinema ficamos conversando e o resultado, trinta anos, três filhos e dois netos depois, está aqui. Engraçado, né? Devemos nossa vida a um tubarão mecânico.

* * *

— Pois nós — disse a Sibelis — devemos nossa vida a um engano.

Quem mais se surpreendeu com a frase da Sibelis foi o marido dela, o Rubem. Que não disse nada. Sorriu como se também estivesse se lembrando do engano. Mas não sabia do que a mulher estava falando.

— Foi num bar. Eu estava sozinha e uma amiga minha veio perguntar se eu topava sair com um cara, para acompanhar ela e o namorado dela, e me apontou o cara no outro lado do bar. Gostei do jeito dele e topei.

— E o cara era o Rubem.

— Não. Era um que estava ao lado do Rubem. Eu tinha gostado do jeito do cara errado. Só descobri quando a amiga nos apresentou. O que tinha me agradado era o namorado dela. Mas eu não podia voltar atrás e saí com o Rubem para não ser chata.

— E deu tudo certo.

— Deve ter dado. Casamos e estamos casados até hoje. Trinta anos.

— Viu só? É outro caso de acaso. Outro tubarão mecânico.

— Mas — continuou a Sibelis — eu às vezes penso no que teria sido minha vida se eu não tivesse me enganado. Se o namorado da amiga fosse o Rubem e o outro, o que eu gostei, fosse o meu par naquela noite.

E a Sibelis virou-se para o Bruno e perguntou:

— Você também não pensa nisso, Bruno?

— Eu?!

— Você não lembra? O outro cara era você.

Durante longos segundos ninguém falou nada na mesa, até o Viriato, só para não deixar o silêncio inflar daquele jeito, dizer a única palavra apropriada para a situação:

— Epa.

* * *

O Rubem continuava sorrindo. Disse:

— Eu e a Sibelis comentamos isso seguidamente. Como às vezes um detalhe, um engano, um acaso, pode mudar o destino de...

A Sibelis o interrompeu:

— Você nunca soube do engano, Rubem. Eu nunca contei. Em trinta anos, eu nunca contei. E você nem lembrava que era o Bruno que estava com você no dia em que nos conhecemos. Não seja fingido, Rubem.

— Olha — disse o Viriato, levantando-se. — Vocês eu não sei, mas está na minha hora de dormir. Vamos pra casa, Dol.

— Senta aí, Vivi — disse a Dolores. — Nós estamos na nossa casa. Os outros é que têm que ir embora.

Viriato sentou-se. A Rosane estava irritada.

— É isso que dá, começar a mexer no passado. De quem foi esta ideia, afinal?

O Bruno começou a dizer alguma coisa, mas a Rosane não deixou:

— Com você eu me acerto em casa!

E a Dolores, tentando salvar o que ainda havia para ser salvo:

— Outro cafezinho, gente?

O náufrago

Um náufrago é resgatado de uma ilha deserta. Não consegue dizer quanto tempo passou na ilha. Perdeu a noção do tempo. Pelo seu aspecto ao ser encontrado — a barba quase no umbigo, as roupas reduzidas a fiapos, a pele curtida pelo sol e o sal —, foram muitos anos. Mas quantos? Ele não se lembra do naufrágio. Não se lembra do nome do navio, do tipo do navio, do que fazia a bordo... Não se lembra nem de onde é.

— Que língua eu estou falando?

— Inglês. Mas com sotaque.

— Sotaque de onde?

— É difícil dizer...

— Estranho. Não me ocorre nenhuma outra língua além do inglês, embora eu sinta que não é a minha língua materna. Talvez seja por causa de Pamela...

— Pamela?

— A mulher que eu fiz, de areia.

— Você fez uma mulher de areia?

— Você não sabe o que é a solidão numa ilha deserta.

* * *

Ele precisava de companhia humana. No princípio, só precisava de sexo. Fizera um buraco na areia. Mas, com o tempo, sentira que precisava de mais do que apenas um buraco. Construiu um corpo de mulher em torno do buraco. Seios, grandes seios. Quadris, uma cintura delgada, coxas longas. Sempre gostara de coxas longas. Mas logo sentira que ainda faltava algo. E fizera uma cabeça para sua mulher de areia. Um rosto, com feições, nariz, boca. Um rosto bonito, cuidadosamente esculpido, e que ele retocava constantemente, consertando os estragos feitos pelos caranguejos e o vento. O rosto de uma mulher satisfeita. O rosto de uma mulher que o amava, que mal podia esperar pelas noites de paixão sob as estrelas, com ele. Mas...

— Mas o quê?

— O corpo desmentia o rosto. O corpo era estático e sem vida. Não se mexia, não acompanhava o meu ardor, permanecia ausente e frio. O corpo negava o brilho faiscante das conchas azuis que eram os olhos de Pamela.

* * *

— Por que "Pamela"?

— Porque decidi que, fria daquela jeito, só podia ser inglesa. Eu tinha feito uma inglesa! Deve ser por isso que conservei o meu inglês. Era a língua com a qual eu fazia declarações de amor a Pamela e tentava despertar no seu corpo a calidez que o rosto prometia. Ela não reagia. Ela não me respondia. Ficava muda e distante. Também não respondeu quando eu comecei a gritar com ela, e a xingá-la, e acusá-la.

— Acusá-la de quê?

— De me trair. Pamela estava me enganando.

— A mulher de areia estava enganando você?

— Estava!

— Com quem?

— Não tenho a menor ideia. Eu só não tinha dúvida de que, com o outro, ou com os outros, ela se mexia. Uma loucura, eu sei. Mas eu tinha pedido aquilo. Eu tinha criado o meu próprio tormento. Não se tem companhia humana impunemente. Onde há um outro, há confusão, há conflito, há desgosto. E há traição.

— O que você fez?

— Um dia, destruí a Pamela a pontapés. Só deixei o buraco no chão. Mas no dia seguinte a reconstruí, os grandes seios, as longas coxas, pedindo perdão, jurando que aquilo nunca mais aconteceria. E no dia seguinte a destruí a pontapés outra vez.

— Grego.

— Hein?

— O seu sotaque. Pode ser grego.

— Hmmm. Grego. É possível. Me sinto muito antigo.

— Qual é a última lembrança que você tem do mundo, antes de naufragar?

— Deixa ver... Rita Pavone. Não tinha uma Rita Pavone?

Decidiram não contar nada ao náufrago sobre o 11/9 e a Rita Pavone até ele estar completamente recuperado. E o resgataram, apesar da sua insistência em levar o buraco junto.

Vidão

Havia mar nos seus nomes, os dois eram jovens e livres e a vida era curta. Que outras razões faltavam para Marialva aceitar o convite de Gilmar e dar um passeio noturno na sua lancha, só os dois, as estrelas e o Marcão (outro com mar no nome!), um capixaba discreto, segundo Gilmar, para servir o champanhe? Marialva hesitou. Mal conhecia Gilmar, e já tinha sido avisada no clube: "Não saia de barco com aquele ali." Mas Gilmar era atraente, apesar de pequeno, pois o que lhe faltava em altura sobrava em dinheiro, e Marialva aceitou, e os três zarparam num fim de tarde, em meio a um crepúsculo de folhinha ("Encomendei para você!", gritou Gilmar, entre risadas das gaivotas. E depois, fazendo um gesto que englobava tudo, eles, o barco, o mar e o céu coloridos: "Vidão!"). Marcão, além de servir o champanhe, o patê e as ostras e cuidar do som (barroco italiano), pilotava a grande lancha, que balançava suavemente nas ondas tingidas de lilás, e teve que vir correndo quando o Gilmar se levantou de onde estava deitado, com a cabeça pousada nas coxas nuas também tingidas de lilás de Marialva, e precipitou-se para a amurada do barco. Marcão chegou a tempo de segurar a sua testa enquanto ele vomitava. Depois Gilmar falou:

— Não adianta. Vamos voltar.

Na volta, enquanto Gilmar repousava na cabine, Marialva ouviu de Marcão a história do seu desafortunado patrão. Era sempre assim. Ele enjoava até com mar calmo. Às vezes nem dava tempo de chegar à amurada, era em cima da mesa mesmo. Uma vez a moça que estava com ele, indignada com os respingos, o agredira com o balde de gelo. Acontecia todas as vezes. Ele começava a enjoar e tinha que interromper o passeio. Mas não desistia.

— Por quê? — quis saber Marialva.

— Porque é pra isso que ele comprou o barco. Porque é essa a vida que ele quer. Ou, como ele sempre diz, o "Vidão!".

— Mas por que não mudam pelo menos o cardápio?

— O quê? E servir chá com torradas? Não seria um vidão.

Dias depois, Marialva ouviu Gilmar falando com uma bela mulher no bar do clube. Dizendo:

— Ostras. Champanhe. Vivaldi. Só nós dois. E o mar. E se você quiser, providenciarei uma lua cheia. Hein? Hein?

Não desista

Eu sei, eu sei. Às vezes parece que nada adianta, que nada vai dar certo, que quem escapar da miséria, do assaltante, da bala perdida e da bomba do terrorista a epidemia pega, e que o fim dos tempos está ali na esquina. Mas pense o seguinte: você pertence a uma raça de vencedores. Os antepassados de toda a sua raça — a humana — têm, todos, as mesmas características positivas em comum. Todos, sem exceção, atingiram a maturidade, pelo menos sexual. Todos sobreviveram a pestes, guerras, má nutrição e desastres naturais e chegaram à idade de ter filhos. E todos — olha só a sua sorte — eram férteis. Não eram, necessariamente, todos heterossexuais, mas pelo menos uma vez na vida foram. E, por acidente ou não, tiveram pelo menos um filho com um parceiro do outro sexo.

Quer dizer, você pertence a uma linhagem admirável que nunca se deixou abater e venceu todos os obstáculos para que você e a sua raça estivessem aqui hoje, se queixando da vida. Você mesmo não se dá conta do que passou para existir. Do seu feito, do seu mérito em sair do nada — ou quase nada, uma larva — e ficar desse tamanho. Não pense que você estava sozinho no sêmen do seu pai. Que era moleza, só chegar no útero da sua mãe assoviando e pimba, fecundar o óvulo. Havia milhões de outros espermatozoides no sêmen do seu pai, naquela particular jornada. Milhões. E não era, assim, como a São Silvestre, em que já se conhece antes os prováveis vencedores. Ou como a Fórmula Um, em que o resto da equipe trabalha para um vencedor designado. Ninguém é favorito, ninguém é azarão na corrida para o óvulo. E não tem aquela de "Passa, irmãozinho", "Não, passa você". Era cada um por si. E você venceu! O espermatozoide que deu em você derrotou milhões de espermatozoides que deram em nada e chegou na frente. Aquele berro que você deu ao nascer foi um grito de vitória, um "Primeirão!" em linguagem de recém-nascido, guardado na garganta durante nove meses. E você tinha todas as razões para festejar. Como hoje tem todas as razões para se sentir um vencedor, membro de uma casta de vencedores — os que nasceram, os que estão aí. Pense naqueles espermatozoides que não conseguiram. Que tinham o mesmo objetivo, a mesma vontade de ser alguma coisa na vida, e fracassaram. Para eles não adiantava chegar em segundo. Não havia vice. E nem repescagem. Ou chegavam em primeiro ou estavam condenados a não existir. E o primeiro, o primeirão, foi você. Deveria constar do nosso currículo. "Vencedor da Corrida para o Óvulo", o local e a data. E não deveríamos precisar de nenhuma outra referência ou prova de capacidade.

* * *

Eu sei, eu sei. Às vezes parece que a corrida para o óvulo não terminou, que aquela era apenas uma prova eliminatória e a outra, a que vale, duraria toda a vida, você contra outros espermatozoides que deram certo. Só os campeões, competindo por dinheiro, sucesso e posição no mundo, em vez de no útero. Com a diferença de que, nesta corrida, contam origem, diploma e pistolão, e uma minoria tem mais possibilidade de vitória do que a maioria. Mas não desanime. Convença-se de que você é um vencedor e vem de uma longa linha de vencedores, que prevaleceram apesar de tudo. E se tudo o mais falhar... Bem, a chance de você ganhar na Mega Sena é exatamente igual à de o seu espermatozoide ser o primeiro a chegar ao óvulo. Quer dizer, você já tem uma história de boa sorte.

Tudo sobre Sandrinha

"O desperdício. Entende? O desperdício." Era o que ele dizia depois que a Sandrinha foi embora. "Eu sei tudo sobre a Sandrinha. Conheço cada sinal do seu corpo, cada pelo, cada marca. Alguém sabia que ela tinha uma cicatriz pequenininha aqui, embaixo do queixo? Pois é, não aparecia, mas eu sabia. Ela tinha uma pintinha numa dobrinha entre a nádega e a coxa que, aposto, nem a mãe conhecia. Nem ginecologista, ninguém. E o dedinho do pé virado para dentro, quase embaixo do outro? Era uma deformação, ninguém desconfiava. E eu sabia. E agora, o que que eu faço com tudo que sei da Sandrinha?"

* * *

Contou que passava horas olhando a Sandrinha dormir. Barriga para baixo, cara enterrada no travesseiro, a boca às vezes aberta. Mas não roncava. Às vezes ria. "Um dia ela riu, acordou, me viu olhando para ela e disse: 'Você, hein?', depois dormiu de novo. Acho que, no sonho, eu tinha feito ela rir. Depois ela não se lembrava do sonho, disse que eu tinha inventado. O que que eu faço com isto? De que me adianta saber como a Sandrinha raspava a manteiga, cantava uma música no chuveiro que ela jurava que existia, 'Olará-olarê, tou de bronca com você', que ninguém nunca tinha ouvido? E fechava um olho sempre que não gostava de alguma coisa, de uma sobremesa ou de uma opinião?"

* * *

Ele podia escrever um livro, *Tudo sobre Sandrinha*. Mas quem ia comprar? Não seria sobre ninguém importante. Não seria a biografia, com revelações surpreendentes, de uma figura histórica ou controvertida, só tudo o que ele sabia sobre uma moça chamada Sandrinha, que o deixara. O produto de anos de observação. Sandrinha na cama, Sandrinha no banheiro, Sandrinha na cozinha, Sandrinha correndo do seu jeito particular. Nenhum interesse para a posteridade. Dez anos de estudos postos fora.

* * *

"Estudei a Sandrinha em todas as situações, em todos os ambientes, em todos os elementos possíveis. Sandrinha na praia. Sandrinha enrolada num cobertor, comendo iogurte com fruta e vendo televisão. Sandrinha suada, Sandrinha arrepiada. O estranho efeito de relâmpagos e trovoadas nos cabelinhos da nuca de Sandrinha. Querem os cheiros da Sandrinha? Tenho todos catalogados na memória. Sandrinha gripada. Sandrinha distraída. Sandrinha contrariada, eufórica, rabugenta, com cólica e sem cólica, Sandrinha roendo unha ou discutindo o Kubrick. Não havia nada sobre a Sandrinha que eu não soubesse. Toda esta erudição sem serventia."

* * *

"O desperdício. Não posso oferecer tudo o que sei sobre a Sandrinha para um inimigo. Seus momentos de maior vulnerabilidade, ouvindo o Chico ou errando o suflê. A Sandrinha, que eu saiba, não tem inimigos. Certamente nenhuma potência estrangeira. Não posso oferecer meus conhecimentos da Sandrinha para a ciência. Se ela ainda fosse um fóssil que eu desenterrei e passei dez anos examinando e cujas características revolucionariam todas as teorias estabelecidas sobre o desenvolvimento humano. Se a sua maneira de raspar a manteiga fosse espantar o mundo... Mas não. Inventei uma ciência esotérica, de um praticante e de um interessado só. Não posso dar cursos, publicar teses, formar discípulos. Participar de congressos sobre a Sandrinha. Sou doutor em nada. Doutor em saudade. Entende? Desperdicei dez anos numa especialização inútil."

* * *

Não adianta tentar consolá-lo. Convencê-lo a esquecer a Sandrinha, se dedicar a outras. Ele diz que não está preparado para outras. Toda a sua formação é em Sandrinha.

* * *

Com outra — diz ele — se sentiria como essas pessoas com diploma em física nuclear ou engenharia eletrônica que acabam trabalhando de garçom.

Don Juan e a Morte

Quando a mulher revelou que era a Morte e que viera buscá-lo, Don Juan não pulou da cama nem tentou fugir. Apenas sorriu e disse:

— Eu deveria ter desconfiado.

— Por quê? — perguntou a Morte.

— Porque nenhuma mulher tão linda se entregaria a mim tão facilmente, se não fosse uma armadilha.

— Mas você não é um sedutor famoso? Um homem irresistível?

— Sim, mas na minha experiência, quanto mais linda a mulher, mais difícil a sedução. E com você não precisei usar nenhum dos meus truques. Nem meu olhar de desatar espartilhos, nem os versos que orvalham o portal do amor antes mesmo do meu primeiro toque... Você é a mulher mais bonita que já conheci, mas bastou dizer "vem" e você veio. Eu deveria ter desconfiado.

— Eu talvez tenha me precipitado, ao ceder tão facilmente. Gostaria de ouvir seus versos, que também são famosos. Se eu tivesse resistido um pouco mais...

— Pois é. Agora é tarde.

— O que você diria da minha beleza, se fosse obrigado a recorrer à poesia para me trazer pra cama?

— Bem. Assim, de improviso... Ainda mais depois de saber da minha morte iminente...

— Tente.

— Eu começaria elogiando o seu porte heráldico. Compararia a brancura da sua pele às primeiras neves, quando os cristais ainda reluzem, e o rego dos seus seios ao estreito de Gibraltar, onde dois continentes portentosos se roçam. Comentaria as estrias roxas do seu cabelo e... e...

— Que foi? Por que parou?

— Acabo de me dar conta. Está explicado por que nos amamos em todas as posições possíveis, inclusive algumas que eu mesmo inventei, sem que eu ouvisse um "ui" da sua boca. Um mísero "ui". Você manteve-se fria o tempo todo. Claro! Onde se viu a Morte gozar?

— Desculpe, eu...

— Não se desculpe. Você não vê? Isto redime a minha masculi-nidade. Pensei que tivesse perdido meu jeito de satisfazer as mulheres, que nunca tinha falhado antes. Mas não era eu. Era você. Você só estava aqui a serviço, não para se divertir.

— Não deixou de ser agradável.

— Obrigado, mas não precisa mentir. Vou morrer feliz, sabendo que não falhei. E o irônico é que passei a vida inteira seduzindo mulheres para adiar a velhice, enganar o tempo e protelar a morte, e ela, a morte, você, me aparece assim. Na forma da mulher mais bonita que já conheci. Olhos como lagos fosforescentes, pescoço como a coluna de mármore de Amastar, onde peregrinos encostavam a testa para rejuvenescer; tor-nozelos como...

— Não quero interromper, mas acho que deveríamos partir.

— Certo, certo. E se a gente desse mais uma, rapidinha, só para eu me lembrar depois? Ouvi dizer que, no céu, o canto coral substitui o sexo e no inferno é só com um cabrito.

— Não é uma boa ideia. Vamos?

— (Suspiro) Vamos.

A exploração de Marte

— Marina, do laboratório.

— Marina! Não reconheci você sem...

— Sem roupa?

Trabalhavam juntos. Viam-se todos os dias. Mas de compridos jalecos brancos. E agora ali estavam, ele de sunga, ela de biquíni. Era estranho. Davam-se bem, no trabalho. Até se poderia dizer que tinham ultrapassado a fase de apenas colegas e a de apenas amigos e se encaminhavam para outra fase, ainda indefinida. Ou, como Marina disse para uma amiga: "Já pintou, mas ainda não rolou." Encontrando-se assim, por acaso, na praia, tinham de certa forma queimado etapas. Do jaleco comprido direto para a seminudez, sem fases intermediárias!

Ele já a imaginara nua, claro. E vice-versa. O que haveria embaixo do jaleco que cobria todo o corpo? Normalmente, o processo de descobrimento levaria tempo. Um pouco como a exploração de Marte: primeiro tinham que desenvolver um foguete, depois construir um robô, depois colocar o robô na superfície de Marte, depois esperar que o robô começasse a mandar fotos do que havia sob o jaleco de Marte para analisá-

-las com cuidado. Aquilo era uma sombra ou uma cratera? E aquilo, seriam pegadas? Um longo processo, uma lenta conquista. Assim, tinham, subitamente, toda a informação que queriam da superfície um do outro. Sem ter que esperar, sem merecer. Era estranho. Não parecia natural. Dois seminus não conversam como dois de jaleco comprido.

Examinaram-se.

Ele: "Nada mau. Grandes seios, quem diria. Barriguinha, mas no limite do aceitável. Meu Deus, aquilo é uma tatuagem?"

Ela: "Podia ser pior. Pernas finas, mas tudo bem. Iih, ele viu a tatuagem."

Ele: "O que significa uma tatuagem ali? Nada, todas têm tatuagem, hoje em dia. Mesmo as patologistas. Mas ali? Parte de dentro da coxa? Perigo. Perigo."

Ela: "Ele vai dizer alguma coisa sobre a tatuagem? Eu deveria dizer? É brincadeira, sai lavando. Não. Melhor ficar quieta. Melhor dizer alguma coisa."

— Você vem sempre aqui?

— Não, não. Primeira vez. Você?

— Eu venho sempre, no verão. Quando você falou que também ia tirar férias, não imaginei que...

— Pois é, decidi em cima da hora. Legal, aqui, né?

— É.

E pronto. Não conversaram mais, não combinaram de se ver depois, um não perguntou quanto tempo o outro ia ficar. Afastaram-se e ele nem se virou para examiná-la por trás. Era melhor só voltarem a se encontrar no laboratório. Como se nada tivesse acontecido. Como se nada tivesse sido visto. Recomeçar a amizade de jaleco comprido e deixar que o que fosse acontecer acontecesse normalmente. Na exploração de Marte também é assim: tem que ser por etapas. Ninguém deve se precipitar. Para não haver o risco de um desastre. Ou de confundirem uma rocha com uma tartaruga.

Celular

Coisas da era do celular. Quando a turma se reunia no bar, e a conversa esquentava, e as bolachas de chope começavam a se multiplicar sobre a mesa, era comum alguém ser lembrado — alguém que prometera ir ao bar e não aparecera, alguém do passado comum de todos que ninguém mais vira — e em seguida tentarem localizá-lo pelo telefone celular. "Liga para esse vagabundo", eram as palavras de ordem, e depois todos se revezavam no telefone, xingando o ausente, intimando-o a aparecer, imitando voz de mulher e dizendo "Adivinha quem é?", ou fazendo ruídos de bichos.

* * *

Uma vez foram, literalmente, longe demais. Alguém na mesa perguntou "Que fim levou o Santoro?" e passaram a catar o Santoro com o celular. Primeiro ligando para um número antigo dele, depois localizando uma irmã dele através de uma moça do serviço de assistência ao assinante miraculosamente eficiente, depois chegando ao próprio Santoro, que fazia um curso de informática em Grenoble, na França, e atendeu o chamado apavorado.

— Que foi? Que foi?

— Seu veado! Onde é que você anda?

— É a mamãe, é? Mamãe está bem?

— Que mamãe? Aqui é o Jander.

— Quem?!

— O Jander. Já esqueceu os amigos, é?

— Jander, você sabe que horas são aqui?

— Aí não é mais cedo?

Jander ouviu cinco minutos de desaforo antes de desligar o celular e dizer, magoado: "Como as pessoas mudam, né?" Depois souberam que o Santoro ficara tão nervoso com o telefonema no meio da noite que abandonara o curso de informática, abandonara a França, voltara para junto da dona Djalmira, sua mãe, e estava trabalhando no armarinho da família. O telefonema mudara a sua vida por completo.

* * *

Outra vez um da turma chegou com o que dizia ser o telefone particular do Bush. Conseguira pela internet, não entrou em detalhes. A ideia era ligarem para a Casa Branca e, quando o Bush atendesse, fazerem ruídos de pum. Cada um, um ruído diferente, pois há puns em vários estilos. Seria o comentário da mesa sobre a política externa do Bush. Mas alguém lembrou que os americanos provavelmente rastreavam todas as chamadas para a Casa Branca e poderiam localizá-los, por satélite, em poucos minutos, e o plano foi abandonado.

* * *

E havia casos tristes. Como a vez em que o Gilberto, bêbado, decidiu ligar para a sua ex-mulher e pedir a reconciliação. Foi convencido pelo Caco a deixá-lo falar em seu lugar, pois não estava em condições de conversar com ninguém, muito menos com a Edinha. O Caco intermediaria as negociações. Deixasse com ele. Quando atenderam o telefone, Caco falou:

— Alô, Edinha? Aqui é o... o... (Para os outros:) Como é mesmo meu nome?

O Caco estava mais bêbado do que o Gilberto. Mas falou em nome do amigo. Argumentou. Disse que o Gilberto ainda a amava. Que era outro, que não saía mais para beber com os amigos, que... Foi interrompido. A pessoa que atendera não era a ex-mulher do Gilberto. O Caco disse "Ah, não? Mas sabe que eu gostei da sua voz? Você tem voz de gata, sabia?" O Gilberto tentou arrancar o celular da mão do Caco. Com a sua mulher falava ele.

— Mas não é a sua mulher — protestou o Caco. — É engano.

— Mas o celular é meu. Portanto o engano também é.

Só não brigaram porque nenhum dos dois conseguiria se levantar. O que foi bom, porque ninguém na mesa tinha condições para apartá-los.

* * *

Na outra noite o Gilmar disse que precisavam ligar para o Ferreirinha, para contar que o Internacional era campeão do mundo.

— Mas o Ferreirinha já morreu. Está no Além.

— Eu sei — disse o Gilmar, com o dedo já pronto para digitar. — Qual será o número?

Desta vez a moça da assistência ao assinante não ajudou, nem quando o Caco disse que ela tinha voz de gata.

Êxtase

Ele falou que sempre que via um pôr do sol bonito como aquele sentia que não era para ele. Não sabia explicar. Era como se o pôr do sol fosse para outros e ele estivesse vendo clandestinamente, sem autorização, espiando o que não lhe dizia respeito. Sentia-se, assim, um penetra no espetáculo dos outros. Ela não entendeu. Você acha que não merece, é isso? Que é bonito demais para você? Que você não tem direito a um pôr do sol dessa magnitude? Que o sol deveria se pôr com mais discrição para pessoas como você, que cada pôr do sol deveria ter uma versão condensada, menos espetacular, para os imerecedores da Terra, é isso? Não, não, disse ele. Eu mereço. Não é uma questão de humildade. É uma questão de... E deu outro exemplo. Sorvete de doce de leite. Sempre que comia sorvete de doce de leite tinha a mesma sensação de clandestinidade. Aquela doçura, aquele prazer, não podia estar assim disponível para todos como, como... Como um pôr do sol! Era preciso haver uma hierarquia no direito às coisas magníficas, senão nenhuma escala de valores na vida tinha sentido. Se qualquer um podia comer um sorvete de doce de leite quando quisesse, que sensação sobraria para as grandes epifanias, para o êxtase das grandes revelações? Comer um sorvete de doce de leite nivelava toda a experiência humana, diante de um Michelangelo ou de uma chuva de estrelas a sensação seria a mesma. Lera em algum lugar que os fabricantes de sorvete de doce de leite tinham hesitado muito antes de lançar o produto no mercado. A preocupação deles era outra: temiam a corrupção irrecuperável da humanidade. Depois de provar sorvete de doce de leite, as pessoas poderiam se ver fragilizadas, indefesas diante da autoindulgência e da lubricidade, ou perdidas pela culpa. Tinham até pensado em vender o sorvete com um aviso, como os cigarros. "Atenção: pode causar dependência e ruína moral." Ele não defendia uma aristocracia com acesso exclusivo ao bom e ao bonito. Só achava que ver um pôr do sol fantástico comendo sorvete de doce de leite deveria ser, assim, como se você fosse um dos escolhidos do mundo, com o crachá correspondente. Licença para se extasiar. E então ele deu outro exemplo: você aqui na minha frente, com as cores do pôr do sol refletidas no seu rosto. Uma exclusividade minha, um privilégio dos meus olhos, uma injustiça para todos os homens do planeta que estão olhando outra coisa. E ela falou "Não exagera, vai".

A primeira pessoa

No começo era eu. Só eu. Eu, eu, eu, eu, eu, eu. Não existia nem a segunda pessoa do singular, porque eu não podia chamar Deus de "tu". Tinha que chamá-lo de "Senhor". Não existia "ele". Não existia "nós". Nem "vós". Nem "eles". Só existia eu. Eu, eu, eu, eu. Não é que eu fosse um egocêntrico. É que não havia alternativa!

* * *

Eu não podia pensar nos outros porque não havia outros. O mundo era uma gramática em branco. Só havia eu e todos os verbos eram na primeira pessoa. *Eu* abri os olhos. *Eu* olhei em volta. *Eu* vi que estava num Paraíso (do grego *paradeisos*, um jardim de prazeres, ou do persa *paridaiza*, o parque de um nobre, mas isso só se soube depois). Eu perguntei "O que devo fazer, Senhor?", e Deus respondeu "Nada, apenas exista". E eu fui tomado pelo tédio. A primeira sensação humana.

* * *

E Deus viu que eu me entediava, pois do que vale ser um nobre no seu parque se não existem os outros para nos invejar? E então Deus, que já tinha criado o tempo, criou o passatempo, e me encarregou de dar nome às coisas. Eu vi a uva, e a chamei de parmatursa. Eu vi a pedra e a chamei de cremílsica, e ao pavão chamei de gongromardélio, e ao rio chamei de... Mas Deus me mandou parar e disse que cuidaria daquilo, e me instruiu a procurar o que fazer enquanto terminava de criar o Universo, pois os anéis de Saturno ainda estavam lhe dando trabalho. E eu me rebelei e perguntei "Fazer o quê?", e viu Deus que, além do Homem, tinha criado um problema.

* * *

E perguntou Deus o que eu queria, e eu respondi: "Sabe que eu não sei?" E Deus disse que tinha me dado uma vida sem fim, e um jardim de prazeres digno de um nobre persa para viver minha vida sem fim, e frutas e peixes e pássaros de graça e dentes para comê-los, e mel de sobremesa, e que eu esperasse para ver que espetáculo, que show, seria o Universo quando ficasse pronto. Tudo para mim. Só para mim. E não bastava? Não bastava. "Eu pedi para nascer, pedi?", disse eu. E Deus suspirou, criando o vento. E pensou: "Filho único é fogo."

* * *

Pois do que valem os prazeres do Paraíso sem alguém para compartilhá--lo, e o espetáculo do Universo sem alguém com quem comentá-lo? O que eu queria? Queria outra pessoa. Era isso. Queria a segunda pessoa. Um irmão, alguém para chamar de "tu". Alguém com quem chamar o

Senhor de "ele". Ou "Ele". E que quando Ele chamasse de vós, respondêssemos em uníssono "nós?". E quando se referisse a nós para os anjos, dissesse "eles". Criando outra pessoa, Deus estaria, para todos os efeitos gramaticais, criando cinco.

* * *

E Deus fez a minha vontade, e me pôs a dormir, e quando acordei tinha um irmão ao meu lado, tirado do meu lado. Igual a mim em todos os aspectos. Espera aí, em todos, não. Deus, com a cabeça em Saturno, não prestara atenção no que fazia e errara a cópia. Colocara coisas que eu não tinha e esquecera coisas que eu tinha, como o pênis, que se dependesse de mim se chamaria Obozodão. Deus se ofereceu para recolher a cópia defeituosa e fazer uma certa mas eu disse "Na-na-não, pode deixar". Pois tinha visto que era bom. Ou boa. E fui tomado de amor pelo outro. A segunda sensação humana.

* * *

Ela era o meu tu, eu era o tu dela. Juntos, inauguramos vários verbos que estão em uso até hoje. E eu a chamei de Altimanara, mas Deus vetou e lhe deu outro nome. E quando ela perguntou como era o meu nome, respondi "Mastortônio", mas Deus limpou a garganta, inventando o trovão, e disse que não era, não. Ficou Adão e Eva (eu Adão, ela Eva) aos olhos do Senhor e na história oficial, mas em segredo, isto pouca gente sabe, nos chamávamos de Titinha e Totonho. E foi ela que disse "Totonho, quero que tu me conheças mais a fundo". E eu: "No sentido bíblico?" E ela: "Existe outro?" E inauguramos outro verbo.

* * *

E foi ela que me ofereceu o fruto da Árvore do Saber, a que Deus tinha me dito para nunca tocar, mas colocado bem no meio do Paraíso, vá entender. Resisti, embora a fruta fosse rubicunda (uma das poucas palavras que consegui inventar, driblando a fiscalização do Senhor) e ela a segurasse contra o peito, como um terceiro e apetitoso seio. Se comêssemos daquela fruta perderíamos a inocência e nos tornaríamos mortais. "Em compensação...", disse a Titinha. Em compensação, o quê? Só saberíamos se comêssemos a fruta. E fomos tomados de curiosidade. A terceira sensação humana. A fatal.

* * *

Quando soube da nossa transgressão, Deus deu um murro na Terra, criando o terremoto, e nos expulsou do nosso jardim persa. E durante todos esses anos, muitas pessoas têm me perguntado (pois depois disso a Terra se encheu de muitas pessoas) se valeu a pena trocar meus privilégios de primeira e única pessoa pelo prazer de conjugar com outra, e o meu tédio pelas sensações de envelhecimento e a morte, e a inocência eterna pelo saber fugaz. E sabe que eu não sei?

* * *

E, claro, sempre tem o gaiato que pergunta: "Fora tudo isso, que tal era a fruta?"

Vitinho e a americana

Anos atrás, uma americana veio viver com uma família brasileira num desses programas de intercâmbio. Chamava-se Carol e era bonitinha. Ou bonitona. Grande, tipo esportiva, bochechas rosadas, 18 anos. Cheia de entusiasmo para saber tudo sobre o Brasil, seus costumes, seus rituais, seus ritmos, sua mágica. E louca para apreender o português o quanto antes. Vivia perguntando. Como se chama isto? E isto? Gostou muito da palavra "geleia". Em inglês tinha *"jelly"*, e *"jello"*, e *"gel"*, mas "geleia" era diferente. "Geleia" parecia uma coisa muito mais importante e excitante do que *"jelly"*, *"jello"* e *"gel"*. Ela vivia dizendo "Geleia!" como se fosse o grito de guerra de uma causa. Algo como "Mandela!". Ou uma exclamação de alegria, como *"Hurray!"*. Ou pelo menos o nome de uma comida bem mais exótica do que, apenas, geleia. Também gostava de "pimpolho", "estuque" e "frangalhos", e ficou encantada ao saber que "tchauzinho" queria dizer *"little good-bye"*.

* * *

Encantado pela americana ficou o Vitinho, amigo da família, pouco mais velho do que ela, que passou a convidá-la para sair.

Dizia que assim ela treinaria seu português com ele e ele aperfeiçoaria o seu inglês com ela. A família não fez objeção. O Vitinho era um bom rapaz. Conheciam o Vitinho desde pequeno. E ele continuava pequeno. Dava no ombro da Carol. Seria uma ótima companhia para a americana, que com ele conheceria outras pessoas e em pouco tempo estaria integrada ao lugar — e falando bom português. Os dois pareciam se dar muito bem. Iam ao cinema, iam a festas, e ele a deixava em casa sempre no horário combinado. Marcavam o próximo programa, despediam-se — "Tchauzinho", "Tchauzinho" — e só. A família não tinha por que se preocupar com o Vitinho.

* * *

Um dia, no café da manhã, a Carol perguntou:

— *What is* "lambo"?

Todos na mesa se entreolharam.

— *What?*

— "Lambo".

Onde ela ouvira aquilo? O Vitinho usara numa frase. Estavam num barzinho, com uma turma, e o Vitinho dissera alguma coisa no seu ouvido. Na verdade, dissera a mesma coisa várias vezes. Ela não entendera, mas ficara intrigada com aquela palavra no meio da frase. "Lambo". Gostara da palavra, que tinha um som meio misterioso. Podia ser o nome de uma cerimônia selvagem. Carol até se imaginara dançando no centro de um círculo de tambores nativos, iluminada apenas pela luz de tochas. Gritando "Lambo!" e "Geleia!"

* * *

Ninguém na mesa sabia o que era "lambo". Ela tinha certeza que a palavra era aquela mesmo? Podia ser "tambo". Mas por que o Vitinho usaria "tambo" numa frase no ouvido da americana, várias vezes? Não seria "tango"? Quem sabe "mambo"? Ou "rango"? Não, Carol tinha certeza que ouvira "lambo". Foram procurar no dicionário. Não existia a palavra "lambo" no dicionário. Carol não se lembrava do resto da frase? Não, só guardara aquela palavra, com a sua conotação de mistério, cultura primitiva, deuses pagãos. O jeito era perguntar ao próprio Vitinho quando ele viesse buscá-la para saírem, àquela noite.

* * *

— Vitinho, o que é "lambo"?

Vitinho ficou paralisado. Engoliu em seco. Só conseguiu dizer:

— Ahn?

— "Lambo". Você usou a palavra, ontem, e a Carol nos perguntou o que queria dizer.

— Eu disse "lambo"?

— Ela não se lembra do resto da frase, mas tem certeza que ouviu "lambo".

— É... é... Não, eu, nós, eu estava querendo explicar pra ela como é o... Rai, Carol!

Carol tinha aparecido, pronta para sair. Vitinho estava salvo.

— Tchauzinho, mãe. Tchauzinho, pai! — disse Carol.

— Não voltem muito tarde.

* * *

O "pai" e a "mãe" de Carol estavam vendo televisão quando o "pai" disse de repente:

— Verbo lamber.

— O quê?

— Lambo. Presente do verbo lamber. Como em "eu te lambo toda".

— Não! O Vitinho? Não!

— Por que não?

— Não acredito. O Vitinho?!

— Temos que tomar uma providência. Afinal, somos os responsáveis pela Carol, aqui. Imagina se o Vitinho passa da ameaça à ação? Pode criar um incidente internacional. E nós não podemos devolvê-la aos pais dela... lambida.

— Ainda mais pelo Vitinho!

* * *

Disseram para a Carol não sair mais com o Vitinho. Evitá-lo. Mas por quê? "Vitinho is so nice!" É "nice" mas não é para você, disseram. Não quiseram entrar em detalhes, mas tinham descoberto coisas sobre o Vitinho. Coisas perturbadoras, conexões inquietantes, algo a ver com magia negra. Culpa do nosso primitivismo. Ele não era uma boa companhia. Mais difícil foi convencer o Vitinho a não procurar mais a americana. Mas ele acabou desistindo, e quando a americana voltou para casa foi de novo aceito na família, que o conhecia desde pequeno. Mas não como antes. Todos passaram a olhá-lo de um modo diferente. E volta e meia alguém diz:

— Você, hein, Vitinho?

* * *

Meses depois da sua partida chegou um cartão-postal da americana. Uma fotografia dela com um cachorro, atrás uma mensagem carinhosa, de agradecimento e saudade, que terminava com "Geleia!" e assinada, em português: "Da sua filha Carol". E um PS com o nome do cachorro: Lambo. "Para não me esquecer do Brasil."

As tentações de frei Antônio

Naquela noite, como em todas as noites, frei Antônio atirou-se na sua cama de pedra coberta com aniagem e palha, e tentou não pensar nela. Tinha dado suas nove voltas no claustro, rezando e tentando não pensar nela. Tinha comido o pão seco e a sopa rala no refeitório, entre os outros freires, tentando não pensar nela. Agora, na cama, a única maneira de não pensar nela era dormir. Mas frei Antônio não conseguia dormir, pensando nela.

* * *

— Bacana!

— Eu não disse?

Luana estava de boca aberta. O quarto era mesmo uma beleza.

Quando o Túlio dissera que tinham aproveitado as celas do mosteiro, com pequenas adaptações, para fazerem os quartos, mas que os quartos eram ótimos, ela não acreditara. O quarto era pequeno e as paredes de pedra tinham sido mantidas. Mas a decoração era linda e o quarto não era frio, era aconchegante, bem como dizia no prospecto. Aconchegante, dissera o Túlio. Você vai ver. E era.

— O que é aquilo?

— Acho que era onde os monges dormiam.

— Assim, em cima da pedra?

— É, Lu. Mas a nossa cama é aquela ali...

O quarto só tinha uma janela alta e estreita. Quase uma seteira. Naquela noite, depois do amor ("Nunca pensei, fazer isto num mosteiro..."), Luana ficou olhando a luz da lua cheia que entrava pela janela alta e estreita.

* * *

Frei Antônio olhava a janela alta e estreita por onde entrava a luz da lua cheia. Lua. Ela se chamaria Lua. Teria cabelos loiros. Seria uma Lua loira. Senhor, que a porta se abra agora e entre uma Lua loira. Uma Lua nua. Uma Lua loira e nua. Nua e Lua, Senhor. Agora, Senhor. Lua e nua e loira...

Quando finalmente dormia, frei Antônio não sonhava com ela. Sonhava com o Inferno. Sonhava com o Sol. Às vezes acordava no meio da noite, suado, e pensava "As chamas são para você aprender, Antônio. São o seu castigo". Mas castigo por que, se a porta nunca se abria, se a Lua não estava deitada ao seu lado? Ela só existe na minha imaginação. Eu a conjuro e ela não vem. Eu a amo e ela nunca virá. E eu arderei no Inferno só pelo que pensei.

* * *

— Imagina a vida que eles levavam, Túlio.

— Quem?

— Os monges. Deviam ficar ali, deitados, coitadinhos...

— Pensando em mulher.

— Será? Acho que não. Tinham escolhido uma vida sem mulher. Sem sexo.

— Falando nisso, chega pra cá, chega.

— Não. Para. Como seria o nome dele?

— De quem?

— Do monge que vivia nesta cela.

— Sei lá. Isto aqui deixou de ser mosteiro há uns cem anos...

Luana ficou pensando no último monge que ocupara aquela cela, cem anos antes. Como seria ele? Passou a imaginá-lo. Imaginou-se entrando na sua cela e deitando-se com ele. Assim como estava, nua. Ele a expulsaria da sua cama de pedra? Coitadinho.

* * *

Frei Antônio sentiu que havia outro corpo com ele na cama. Sentiu seu calor. Mas não abriu os olhos. Não virou a cabeça. Estava sonhando, claro. Tinha medo de abrir os olhos e descobrir que não havia ninguém ali. Tinha medo que o calor fosse embora. Ouviu uma voz de mulher perguntar:

— Como é o seu nome?

— Antônio. E o seu?

Mas não houve resposta. Frei Antônio abriu os olhos e viu a luz da lua cheia saindo pela janela.

* * *

— Antônio...

— Ahn?

— O quê?

— Você disse "Antônio".

— Eu? Tá doido?

— Estava sonhando com quem?

— Com ninguém.

— Chega pra cá, chega.

— Ó, Túlio. Você só pensa nisso?

— É que, sei lá. Este quarto está carregado de sexo. Tem sexo escorrendo pelas paredes. Você não sente?

— Não.

— Já sei! Vamos fazer amor na cama de pedra.

— Não. Na cama dele, não.

Sexo, sexo, sexo

Sexo, sexo, sexo. Todo mundo só fala em sexo. Entreouçamos:

* * *

Merlusa Cavalcante, socialaite. "Acho que fui uma adolescente normal. Minhas fantasias sexuais eram com estrelas do cinema. Lembro que as paredes do meu quarto eram cobertas de fotografias de atores e eu me imaginava transando com todos eles... Rin Tin Tin, King Kong, o cavalo do Roy Rogers..."

* * *

Diva Gar, oceanógrafa. "Minha primeira transa foi num Volkswagen. Começou no banco de trás. Quer dizer, meu namorado foi pro banco de trás e eu fiquei metade no banco da frente e metade no banco de trás, sabe como é? Aí ele sugeriu que eu botasse uma perna pela janela e dobrasse a outra por baixo do banco da frente, no lado direito, enquanto ele tentava vir por cima do banco do lado esquerdo, aí eu comecei a dizer 'Ai, ai', e ele disse 'Mas eu ainda não fiz nada', e eu disse 'Não, é que meu ombro ficou preso embaixo do freio de mão'. Aí ele disse pra eu recolher a perna que estava pra fora, e eu recolhi, mas fiquei com o joelho preso no volante e apoiei o cotovelo onde não devia e o meu namorado, coitado, deu um grito de dor. Aí eu pulei pra trás e bati com a cabeça no parabrisa e ele saiu correndo pra chamar uma ambulância. Aí veio a ambulância e ele foi comigo para o hospital na parte de trás e aí, sim, deu pra transar legal porque tinha bastante espaço e até uma cama."

* * *

Miro Masaferro, corretor. "Eu e minha esposa temos relações sexuais três vezes por semana, às terças, quintas e sábados. Terças e quintas das dez às dez e vinte e sábados das onze às onze e quarenta, com um intervalo para gargarejo. Religiosamente. É uma rotina que mantemos há vários anos e que não pretendemos mudar, apesar dos protestos que ouvimos quando, por exemplo, estamos jantando num restaurante e eu digo 'Querida, são dez horas' e vamos para baixo da mesa. Eu acredito que o segredo para uma vida sexual feliz é o mesmo que para a saúde intestinal: a regularidade. O importante é nunca falhar. Não sei como vai ser hoje. Vamos estar num velório..."

* * *

Toca Tamborim, estilista. "Eu acho sexo uma coisa muito natural que acontece entre seis ou sete pessoas com apetites normais, um pouco de creme chantilly e um desentupidor de pia. Qual é o problema? As pessoas fazem um mistério. Ah, porque calda de chocolate suja a cama, ou o liquidificador e o vibrador juntos podem dar curto-circuito, e mais isso e mais aquilo. Qual é o problema, gente? Não foi Deus que nos botou no mundo com nossos corpos, e os arreios, e as ligas pretas? Pode haver coisa mais natural do que gel íntimo sabor framboesa? Poxa!"

* * *

Dico Tomia, almoxarife e poeta. "Eu acho que o sexo tem que ser entre pessoas que se amam, ou se gostam, ou se respeitam, ou então não se conhecem, mas não têm nada mais para fazer entre as seis e as oito. Senão fica uma coisa mecânica, entende?"

* * *

Dani Ficada, maquiadora e estudante de comunicação. "Ouvi dizer que um russo descobriu uma nova zona erógena. Parece que é a primeira nova descoberta na área desde que um inglês estabeleceu a exata localização do clitóris, no século dezenove. O russo ainda não revelou onde é a nova zona erógena, que levará o seu nome, Paprovski, mas especula-se que fica num local inesperado, até agora pouco explorado, do corpo humano. Eu vibrei com a notícia porque, francamente, não aguento mais sempre a mesma coisa, sempre a mesma coisa. Né não?"

* * *

Beto Neira, mestre de obras: "Mulher, pra mim, é a que quica. Sabe cumé? Vai e volta. Mulher que fica no chão, pra mim, não tem moral. Estatelada não tem perdão, qual é. Tudo no sentido figurado, claro."

* * *

Dina Vio, dona de casa. "Se eu traio? Traio. Mas com classe. Nada às pressas, sem cerimônia, sem um tuchê. Sabe tuchê? Também, eu devo ser a última mulher no mundo que ainda pede vermute doce."

* * *

Malcon Tado, tabelião e tenor: "Eu acho que na cama vale tudo, menos legumes. Já perdi a namorada porque disse que o meu limite era o pepino. E nos dávamos bem, ela também é do coral da igreja..."

* * *

Alma Naque, psicóloga: "Homem é como fruta. Você tem que pegá-los maduros, quando não estão mais verdes e ainda não começaram a apodrecer. Mas é um instante fugidio."

* * *

Rudi Mentar, analista de sistemas: "Língua na orelha. Decididamente, língua na orelha. O resto é para não iniciados."

* * *

Flora Medicinal, motorista. "Eu gostava muito mais do antigo método de reprodução humana. Lembra como era? Tiravam uma costela do homem, por cesariana, sem anestesia, e faziam outra pessoa. A mulher ficava só na vida mansa, não era nem com ela. Depois mudou tudo e hoje a mulher é quem sofre para dar cria. Afinal, não é? 'Ele' é homem. Funcionou o lobby. Classe unida taí..."

* * *

Constância Nureto, advogada. "Tem homem que pensa que 'educação sexual' quer dizer bater antes de entrar."

* * *

Xavier Nougat, cirurgião-dentista. "O sexo é a coisa mais íntima que pode haver entre um homem e uma mulher, fora o casamento."

* * *

Mara Zul, nutricionista e vidente. "Usar o sexo só para a reprodução é como só sair com o carro para levar na oficina."

* * *

Manuela Bacal, bibliotecária. "Todo mundo conhece o sadismo, que é o sexo feito à maneira do Marquês de Sade, e o masoquismo, que é sexo como gostava o Barão de Masoc, mas pouca gente sabe que existem outras taras sexuais ligadas à literatura. Por exemplo: o Jorge Luis Borgismo, quando o homem só chega ao orgasmo sendo açoitado por uma estudante de linguística dentro de um labirinto. O Ernest Hemingwayismo, que é quando o homem só se satisfaz transando com uma mulher e atirando num leão, ou vice-versa, ao mesmo tempo."

* * *

Mulam Bento, arquivista. "Eu sou masoquista e minha mulher é sádica, mas o que estraga o nosso relacionamento é o ciúme. Quando eu chego em casa com uma mancha vermelha na camisa preciso jurar que não é sangue, é batom, senão ela tem um ataque histérico e, como castigo, não me bate."

Entreolhares

Ana Maria levou seu namorado novo para os pais conhecerem. O rapaz era simpático e tudo correu bem, apesar da constante troca de olhares entre o pai e a mãe de Ana Maria, e o visível desconforto dos dois.

Quando o namorado foi embora, Ana Maria perguntou:

— E aí? O que acharam dele?

O pai e a mãe se entreolharam outra vez.

— Ele parece ser muito simpático... — disse a mãe.

As reticências ficaram no ar.

— E você, papai. O que achou?

O pai hesitou. Depois disse:

— Gostei, gostei. Mas...

— Mas o quê, papai?

— Aquela tornozeleira, minha filha...

— Tornozeleira?

— Aquilo que ele tem preso no tornozelo.

— Qual é o problema?

— A tornozeleira é para saberem sempre onde ele está. Para a polícia saber. Para ele não fugir, ou não praticar mais nenhum crime.

— O quê?!

— É, minha filha.

— Ele me disse que era um radinho de pilha!

A paixão de Jorge

Não é incomum apaixonar-se pela mulher de um amigo. Acontece de várias maneiras. O longo convívio com o amigo e a mulher pode ser tão íntimo e agradável que só muito tarde você se dá conta de que o que estava havendo entre você e a mulher do amigo, o tempo todo, era um namoro, que evoluiu para o amor. Ou você pode simplesmente acordar no meio da noite, depois de um sonho revelador, e dizer com espanto: "Eu amo a mulher do Nogueira!" Pode acontecer num acidente, num detalhe do cotidiano, um roçar de dedos ou um cruzar de olhares que detona a paixão incontrolável. Mas o nosso Jorge encontrou um jeito original, decididamente incomum, de se apaixonar pela mulher de um amigo. Apaixonou-se pela mulher do Nogueira (digamos que seu nome seja Nogueira) quando foi visitá-la na maternidade, depois que ela teve o primeiro filho com o Nogueira. A mulher do Nogueira estava amamentando a criança quando o Jorge entrou no quarto. O Jorge apaixonou-se pelo conjunto. Perdidamente. Até hoje, ele não pode contar sem se emocionar.

* * *

O Jorge não sabe explicar o que houve. Antes, mal prestara atenção na mulher do Nogueira. Ela era bonita, mas de um jeito artificial, um jeito de boneca. Sempre bem penteada e bem maquiada, costumava sentar na ponta das cadeiras com as pernas coladas e um pé ligeiramente perpendicular ao outro, como se fosse uma característica superior da sua tribo. O Jorge só descobrira que ela estava no último estágio da gravidez quando notou um dia, por acaso, que a barriga avantajada a obrigava a sentar-se com as pernas um pouco abertas, mas sem perder a linha. Ela falava pouco e certa vez, quando a discussão no grupo era sobre política internacional, divertira a todos dizendo que não tinha nada contra o Bush, "mas ele lá e eu aqui". O Jorge conhecia o Nogueira desde a adolescência e não entendia o que o amigo tinha visto naquela boneca decorativa e fútil. Mas, enfim, não era problema dele. E então entrara no quarto da maternidade e vira a Juliana (digamos que seu nome seja Juliana) amamentando seu recém-nascido.

* * *

A Juliana sem maquiagem, com o cabelo em desalinho, com aquela calidez meio úmida e resplandecente que, segundo o Jorge, as mulheres adquirem depois do parto, sorrindo para o bebê que sugava o seu peito com uma calma e uma sabedoria tão antigas que o Jorge quase deixou cair as flores e levou as mãos ao coração, como no cinema mudo. "Sardas!", nos disse o Jorge, extasiado. "Ela tem sardas!" As sardas no rosto limpo da Juliana tinham completado o sortilégio da cena, para o Jorge. Nos três dias que Juliana ficou no hospital, Jorge foi visitá-la todas as tardes, e ficava até ser expulso pelas enfermeiras. Para surpresa da Juliana, que também nunca prestara muita atenção naquele amigo meio esquisito do Nogueira e não entendia aquela súbita devoção.

* * *

O problema, para o Jorge, passou a ser o que fazer com sua paixão. Não podia declará-la a Juliana. Muito menos confessá-la ao Nogueira. E, mesmo, poucas semanas depois do parto Juliana voltara a ser o que era, com as sardas escondidas por camadas de maquiagem e um pé ligeiramente perpendicular ao outro. A mesma boneca, só com seios maiores. Jorge perguntava muito pelo bebê, mas, fora isso, não tinha muito assunto com a mulher decorativa e fútil do Nogueira. Ao contrário das tardes no hospital, quando lhe contara a sua vida, quando assunto era o que não faltava. Aos poucos, a paixão do Jorge amainara. Até que um dia...

* * *

Um dia, num dos almoços da turma, ouviu o Nogueira anunciar:

— A Juliana está grávida de novo.

O coração do nosso Jorge deu um pulo, depois só ficou ronronando de prazer dentro do seu peito como um gato contente. A Juliana teria outro bebê. A sua amada estaria de volta!

* * *

O Nogueira e a Juliana já estão com quatro filhos. (O terceiro é até afilhado do Jorge.) A cada novo parto o amor de Jorge por Juliana aumentou. E ninguém entendeu — só nós, que sabíamos da sua insólita paixão — o "Não!" que Jorge deixou escapar quando, no outro dia, Juliana disse que chegava, que não pretendia ter mais filhos. E por que Jorge em seguida passou a pontificar, indignado, sobre o absurdo preconceito dos casais modernos contra famílias grandes como as de antigamente. Oito, doze, dezessete filhos, por que não? Ele era contra o controle de natalidade por meios artificiais. Neste ponto, estava com o papa.

Vidas alheias

— Belinha, Belinha... A mulher do Caio?

— Não, a mulher do Ciro. O do incêndio.

Com um ouvido atento e um pouco de imaginação, qualquer coisa pode virar uma história na sua cabeça. Ou um mergulho nesse poço de surpresas que é a vida alheia. Uma frase. Ou uma conversa. Como esta numa sala de cinema, antes de começar a sessão. Duas mulheres, sentadas atrás de você, conversando.

— O Ciro que pôs fogo na casa?

— Esse. Só que nunca ficou provado que foi ele mesmo. A Belinha é que acusou.

Pronto. Você já tem os ingredientes para uma história. Sua imaginação fornecerá os detalhes. Um casal, Belinha e Ciro, e a suspeita de que o Ciro pôs fogo na casa. Talvez para matar a Belinha.

— Coitada da Belinha. Ficou traumatizada. Ela esperaria qualquer coisa do Ciro. Mas botar fogo na casa foi um pouco demais.

— Imagina! Mas então quem é a mulher do Caio?

— Você está pensando na Carol, aquela que saiu com a cueca manchada do marido na rua, pra mostrar pra todo mundo.

Epa! A história da Carol e do Caio parece mais interessante do que a da Belinha e do Ciro. Mulher brandindo a cueca manchada do marido para toda a vizinhança saber da sua infidelidade bate incêndio possivelmente criminoso como motivo de briga de casal em qualquer vara de família séria do mundo. Mas a conversa das mulheres volta para o primeiro casal.

— E o que que tem a Belinha?

Você pensa em se virar na poltrona e protestar. Não! Esqueçam a Belinha. Quero saber mais sobre a Carol! A história da Carol é melhor!

— A Belinha descobriu uma colônia de abelhas no portão da casa dela. Como é que se chama? Uma colmeia. Enorme. Da noite para o dia milhares de abelhas tinham se instalado no portão. A Belinha não podia sair ou entrar em casa sem o risco de levar uma ferroada.

— Meu Deus.

— Aí ela ouviu dizer que havia um apicultor que se especializava em retirar colmeias. Pegava as abelhas, empacotava, sei lá como, e levava embora. Ela chama o tal apicultor. E quem é que aparece?

— Quem?

— O Brad Pitt.

— O quê?

— Numa versão rústica, é claro.

Você imagina o encontro. O apicultor examinando a colmeia enquanto Belinha examina o apicultor. O olhar dele para as abelhas é terno, o dela para ele é de súplica e paixão. Leve-me também, apicultor, pensa Belinha. Leve-me junto com as abelhas para a sua cabana tosca onde nos cobriremos de mel e...

— E pintou alguma coisa?

— Não. A Belinha ainda estava muito traumatizada com o incêndio. Não queria saber de homem. Mas hoje ela me telefonou muito animada porque apareceram outras abelhas no quintal e ela está pensando em chamar o Brad Pitt de novo. Ela acha que se surgirem mais abelhas será um sinal para que ela chame o Brad Pitt, e seja o que Deus quiser. A natureza estará lhe dizendo para esquecer sua mágoa com os homens e tentar de novo. Ela...

— Ssshh. Vai começar a sessão.

E você precisa se controlar para não se virar para trás e pedir:

— Por favor. A Carol. Rapidamente, antes que comece o filme. Como é a história da Carol?

Vidas alheias, vidas alheias. Poços de surpresas.

Gencianáceas

Dizem que não há afrodisíaco melhor do que amendoim, mas com casca. Você espana as cascas do colo dela, ela espana as cascas do seu colo, e em pouco tempo vocês não precisarão mais do pretexto das cascas. Outros afrodisíacos, no entanto, precisam ser ingeridos, e sobre estes existe uma vasta literatura — quase toda ela em francês, claro.

Mme. de Maintenon mandava fazer costeletas de vitela com anchovas, basílico doce, cravo, coentro e conhaque para animar Luís XIV. Não se sabe o resultado que elas produziam no rei, mas o prato *Côtelettes de veau à la Maintenon* é famoso até hoje, um exemplo de efeito colateral histórico. Já Mme. Du Barry fazia fé em suflês de gengibre para manter o interesse de seu amante real, Luís XV. Dizia que ele nunca desandava. O suflê, não o rei.

Alcachofras eram consideradas afrodisíacas. E o escritor Hector Dirssot preparava-se para noites de loucura na alcova comendo enguias com trufas, enroladas em papel amanteigado, assadas na brasa e servidas sobre um ragu de siri apimentado, e que só tinham o efeito desejado se acompanhadas por um bom vinho Sauternes. Não se conhece qualquer depoimento de uma parceira do escritor sobre a eficiência da receita. Pela sua descrição, desconfia-se que muitas vezes Dirssot recorria ao prato não para assegurar o sexo, mas para substituí-lo.

As trufas brancas da região do Piemonte já foram consideradas infalíveis, e ficavam ainda mais estimulantes se preparadas com fígado de ganso e um pouco de vinho branco. Brillat-Savarin escreveu que uma determinada senhora francesa quase sucumbiu ao assédio de um jovem gourmet que lhe propunha servir aves com trufas de Perigueux em troca de amor, e sua admiração era menos pela sólida virtude da dama do que pela sua resistência, decididamente inexplicável. Brillat-Savarin insinua que o pretendente insistiu e a dama resistiu até ele oferecer trufas de Perigueux inteiras assadas na cinza, porque aí também já seria desumano.

Todas estas receitas — tiradas, por sinal, de um livro de George Lang chamado *Compêndio de bobagens e "trivia" culinárias* — ficavam melhores e mais poderosas se acompanhadas de um "Vin de Gentiane", ou vinho de genciana, assim preparado: rale-se uma raiz de genciana e deixe-a de molho no conhaque por um dia. Acrescente-se vinho Bordeaux, filtre-se tudo por uma peneira fina e deixe-se num receptáculo lacrado por oito dias. Não abrir perto das crianças.

* * *

— Você já ouviu falar de vinho de genciana?
— Não. Por quê?
— Eu estava lendo que parece que genciana é afrodisíaco.
— Eu nem sei o que é isso.
— Afrodisíaco?
— Não. Genciana.

— Nem eu. Vamos ver no dicionário?

Depois:

— Senta aqui do meu lado. Assim a gente vê juntos.

— Tá.

— Deixa ver. Gê, gê, gê... "Genioso", "genista", "genital"...

— Quando você era pequeno, não procurava nome feio no dicionário?

— Procurava! Me lembro quando eu descobri que no dicionário tinha "bunda". Foi uma sensação. Depois procurei todos os sinônimos de "bunda" que conhecia.

— Eu fui logo procurar o, você sabe. Pênis.

— E todos os seus apelidos.

— Como a gente era boba, né?

— "Genitália"... "genitivo"... Espera aí, estou olhando na página errada. "Genciana"... "genciana"... Está aqui! "Genciana". Hmm... "Planta da família das gencianáceas"...

— Qual é a família?

— Gencianáceas. Por quê, você conhece?

— Não, não. Foi a maneira como você disse. Achei...

— O quê?

— Bonitinho. "Gencianáceas"...

— Deixa eu guardar o dicionário que eu já volto.

Depois:

— Você não quer uns amendoins?

* * *

Hoje, com a química, toda esta literatura ficou ainda mais antiga. Trufas, enguias, ostras, raiz de genciana, casca de amendoim no colo, tudo foi substituído por uma pílula. É verdade que alguns dos recursos a que o homem recorria no passado, como chifre de rinoceronte pulverizado, não fazem falta. Mas a humanidade perdeu alguma coisa quando perdeu o risco de morrer de congestão durante o ato sexual, depois de se empanturrar para garantir que ele seria bom. Diminuiu-se a nossa aventura sobre a Terra. E fico pensando naquele ragu de siri...

As Loucas

Antes de se casarem o Haroldo avisou:

— No carnaval eu sou outro.

A Heloísa aceitou. No dia a dia do casamento Haroldo seria um, no carnaval seria outro.

Quais eram as condições do outro?

Sair no sábado de carnaval para se juntar à sua turma e só voltar na quarta-feira, sem horário especificado.

Não precisar dar explicações sobre por onde andara e o que fizera entre o sábado e a quarta-feira ou sobre eventuais manchas na roupa.

Ter acesso irrestrito ao armário da Heloísa, pois era uma tradição do seu grupo sair vestido de mulher. O nome do grupo era "As Loucas".

Heloísa só pediu esclarecimentos sobre o terceiro item. O Haroldo queria acesso aos seus vestidos, era isso? Ou o acesso incluiria chapéus, bolsas, sutiãs...

— Tudo — disse Haroldo. — Inclusive perucas.

Mas de uma coisa a Heloísa poderia ter certeza, segundo Haroldo. O outro sempre voltaria. Por onde andasse e o que fizesse entre o sábado e a quarta, o outro sempre voltaria.

Heloísa concordou. E casaram-se.

* * *

No dia a dia do casamento, Haroldo era um marido exemplar. Heloísa não tinha queixa dele. No trabalho (contabilidade) também era um modelo de retidão e discrição. Mas era só se aproximar o sábado de carnaval e Haroldo começava a ficar inquieto. Examinava o guarda-roupa da Heloísa, já planejando sua fantasia.

— Cadê aquele seu pretinho que eu gosto?

E quando terminava de se vestir, no sábado, Haroldo apresentava-se para Heloísa, com (por exemplo) o sutiã por cima do pretinho, e perguntava:

— Como é que eu estou?

— Horroroso.

Era o que ele queria ouvir. Saía para se encontrar com "As Loucas" dando risada. E só voltava na quarta-feira.

* * *

Os filhos tinham custado a aceitar o "outro" e sua loucura carnavalesca. A filha, principalmente, não podia ver o pai fantasiado de mulher que protestava.

— Que mico, pai!

Mas Heloísa se acostumara, e só reclamava quando Haroldo perdia uma peruca, ou voltava com uma meia rasgada ou um salto quebrado...

* * *

E, como costuma acontecer, o tempo passou. Hoje, Haroldo não tem o mesmo ânimo de outros carnavais. "As Loucas", que eram seis, agora são três: duas morreram, uma está proibida pelos médicos de sair de casa. Heloísa tenta animar Haroldo, em vão. Até a filha, no outro dia, disse:

— Papai, eu vi um tailleurzinho que ficaria ótimo em você.

Nada adianta.

Neste sábado Haroldo chegou a botar um vestido e um chapelão, mas ficou sentado no sofá vendo o carnaval na TV — a cena mais triste que eu já vi na minha vida, disse Heloísa.

— E o outro? — perguntou Heloísa ao Haroldo. — Que fim levou o outro?

— É. Desta vez ele não voltou — disse Haroldo.

Namorados

— Eu...

    — Queria me dizer uma coisa?

    — É. Acho que...

    — Esta nossa relação não vai dar certo?

    — Isso. Eu simplesmente não...

    — Aguenta mais?

    — Exato. Esse seu hábito de...

    — Terminar a frase dos outros?

    — É. É! Eu tentei, mas...

    — Não consegue?

    — Não consigo. Não é nada...

    — Contra mim? É só porque eu termino as suas frases?

    — É. Por que você...

    — Faço isso?

    — É. Sempre termina a...

    — Frase dos outros? Porque eu já sei o que vocês vão dizer. Você é o quinto ou sexto namorado que me diz a mesma coisa.

— Quer dizer que nós nos tornamos...

— Previsíveis? Se tornaram.

— Todos reclamam...

— Da mesma coisa? Reclamam.

— Bom, então é...

— Tchau?

— É.

* * *

— Eu não sei o que dar para o meu namorado.

— Dá um suéter.

— Não sei se ele usa. E de que cor ele prefere.

— Dá uma loção.

— De que tipo? Não sei o gosto dele.

— Uma garrafa de vinho.

— Não sei se ele é do tipo que bebe vinho.

— Um livro.

— Será que ele lê? Acho que ele não lê.

— Então manda só um cartão. "Para o amor da minha vida..."
Como é mesmo o nome dele?

— É... Espera um pouquinho... Sei que começa com "D".

* * *

— Foi neste quarto. Exatamente neste quarto.

— Você está doido.

— Aposto o que você quiser.

— O quarto estaria o mesmo, tanto tempo depois?

— Algumas coisas mudaram, mas olha a vista. A vista é a mesma.

— Como você sabe? A última coisa que queria fazer, naquele dia, era olhar a vista.

— Acho que eu estou me lembrando até do número. Era o 703. Tenho certeza.

— Tá sonhando.

— Lembra que você trouxe uma sacola com pijama? Achei aquilo maravilhoso. Em vez de uma camisola, ou de nada, um pijama de flanela azul.

— Que no fim eu nem usei.

— Tomamos banho juntos, lembra? Antes e depois.

— Foi a primeira vez que vi você nu. E quis me casar assim mesmo.

— Olha o banheiro. Igualzinho. Era o 703!

— Que ideia, vir para o mesmo hotel, tantos anos depois...

— E acabar no mesmo quarto! O que você está fazendo?

— Ligando pra casa. Pra ver se está tudo em ordem.

— Não vá dizer onde nós estamos.

— Vou. Vou dizer "Olha, seu pai quis passar o Dia dos Namorados no mesmo hotel em que dormimos juntos pela primeira vez".

— Você trouxe os meus remédios?

— Trouxe. Estáo na sacola, junto com os meus. Aliás, na sacola só tem remédios.

Mais tarde:

Ela: — Você não vem pra cama?

Ele: — Já vou. Estou olhando a vista.

A vingança

O que a Maura fez com o Inácio — era a opinião geral — não se faz nem com um cachorro. Logo com o Inácio, flor de pessoa. A turma se solidarizou com o Inácio e, para tirá-lo da depressão, decidiu vingar-se da Maura. Objetivo: fazer com a Maura o que a Maura fizera com o Inácio. Desilusão por desilusão. Coração partido por coração partido, sem piedade.

Escalado para a função: o Boanova.

— Eu?!

— Você, Boanova.

O Boanova era o que se chamava, na época da máquina Remington e do Simca-Chambord, de um boa-pinta. Um pão (também se dizia). As mulheres suspiravam pelo Boanova. O Boanova usava topete fixado com Gumex e fumava cigarrilha.

— Vocês estão esquecendo que eu sou maricas — protestou o Boanova.

(Na época ainda não se dizia "gay".)

— Melhor.

A conquista da Maura pelo Boanova foi arquitetada com precisão militar. O próprio Inácio — quando conseguiram resgatá-lo por instantes da fossa (na época se dizia fossa) — instruiu o Boanova, dizendo do que a Maura gostava (Chanel, beijo atrás da orelha, Gregorio Barrios) e do que ela não gostava (filme de guerra, Grapete), e colaborou num cronograma que detalhava todos os passos do namoro, desde o coxa a coxa até a mão no peito, que o Boanova ouviu com indisfarçável cara de nojo.

— Importante — avisou o Inácio. — No namoro na sala. A vó dela está sempre junto.

Mas a avó dormia. Variava: às vezes levava quinze minutos para largar as agulhas de croché no colo e começar a roncar, às vezes levava mais. Mas quando começava a dormir não parava até que o namorado fosse embora. Havia tempo de sobra para desengatar o sutiã.

E começou o romance da vingança. Maura e Boanova. A turma pedia relatórios, a intervalos. Em que fase estava o namoro? O beijo atrás da orelha, estava funcionando? Já tinham chegado à mão no peito?

— E aí, Boanova?

— Está indo, está indo — dizia o Boanova, tragando sua cigarrilha.

Uma noite, o Boanova informou:

— Está no papo.

Chegara a hora. Boanova deveria dar o fora na Maura, para ela aprender. Dizer que não a amava, que o namoro era uma farsa. Até contar que não gostava de mulher. O importante era desiludi-la. Mandá-la para a mesma fossa em que já estava o Inácio.

Estranhamente, o Boanova não mostrou muito entusiasmo com o plano. Pediu mais tempo. E aconteceu o que o leitor certamente já previa. Em vez de o Boanova dar o fora na Maura, foi a Maura que deu o fora no Boanova, fazendo com ele o que não se faz com um cachorro. E hoje o Boanova está na fossa, e não para de suspirar, pensando na Maura. Teriam que escalar outro para a vingança. Mas, depois do que aconteceu com o Boanova, ninguém se anima.

A pulseira

Acho que já contei o meu único crime. Na verdade, descontando-se alguns sinais amarelos em que não dava mesmo para parar, não há contravenções ou pecados maiores na minha vida. Ficha limpa. Claro que muito pequei em pensamento, mas a imaginação é uma área neutra em que tudo é permitido e nada é punido. Crime, crime mesmo só tenho um. Roubei uma pulseira. Atenuante: foi por amor.

Eu tinha uns 7 anos e nós tínhamos acabado de alugar uma casa em Los Angeles. Meu pai lecionaria durante um ano na Universidade da Califórnia. Nos botaram, eu e minha irmã, numa escola próxima da casa. E foi lá que eu a conheci. Morena, cabelos longos. Não vou nem tentar me lembrar do nome. Digamos que fosse Sandra. E me apaixonei pela Sandra.

Ninguém se apaixona aos 7 anos, dirá você. Engano seu. As grandes paixões são aos 7 anos. Todas as outras, pelo resto da vida, serão simulacros, pois nenhuma será tão intensa e desesperada. Eu amava Sandra e, na minha imaginação, era correspondido. Nos meus sonhos ela me olhava, e trocávamos sorrisos, e eu até beijava seus cabelos na fila. Foi a sua total indiferença aos meus olhares e suspiros que me levaram ao crime.

Descobri, na casa em que morávamos, mal escondida numa prateleira, uma caixa contendo uma pulseira dourada. A pulseira não devia ter qualquer valor para estar assim tão à mão de um neocriminoso, mas era linda. Peguei a pulseira e, naquela noite ensaiei o que diria a Sandra, quando lhe entregasse o presente no dia seguinte. "My name is Luis and I love you." Ou talvez algo mais, mais cativante. "Tome esta pulseira, que é bela como você", ou "Lembre-se de mim, Sandra!"

Eu sabia exatamente onde cruzaria com Sandra no caminho da escola. E lá estava ela caminhando na minha frente, com os cabelos longos soltos e balançando. Aproximei-me, tremendo. Não podia errar a minha fala. Dizer "My love is name and I Luis you" ou coisa parecida. Emparelhei com ela, entreguei a pulseira — e saí correndo! Sem dizer nada e sem olhar para trás.

O incrível é que a pulseira que significara tanto para mim — meu primeiro amor, meu primeiro roubo — não significou nada para ela. Sandra continuou me ignorando, nunca nos falamos, ninguém deu falta da pulseira, e eu de vez em quando a imagino hoje — meu Deus, com a minha idade! — contando para um bisneto a história do presente do garoto estranho. Mas ela não deve se lembrar de nada. Aposto que votou no Romney.

Confraternização

— Dr. Anselmo, eu...

— Não me chame de doutor. Anselmo, Anselmo.

— Anselmo, eu...

— Tocão.

— Como?

— Meu apelido. Tocão. Me chame de Tocão.

— Tocão.

— Isso. E o seu, qual é?

— O meu...?

— Apelido.

— Bom, em casa me chamam de Di.

— Di! Maravilha. Viu só? Passamos o ano inteiro trabalhando juntos, nos tratando de doutor Anselmo e dona Dinorá, e só agora nos conhecemos de verdade. Sabe o que eu acho, dona Dinorá? Di? Que o apelido é o nome da alma. Sabendo o apelido de uma pessoa se conhece a sua alma. Tome mais champanhe.

— Não, obrigada. Vou parar. Já bebi demais.

— Tome! Sou eu que estou pagando. Eu não, a firma, mas fui eu que autorizei. Pedi do melhor. Foi um ano bom para a firma, vamos comemorar com o melhor. O melhor para todo mundo. Sabe, Bi?

— Di.

— Hein?

— Doutor Anselmo, Tocão, acho melhor o senhor também parar...

— Eu sei, eu sei. Já estou meio alto. Mas hoje é um dia especial. Um dia de festa. De contrafernização.

— Confraternização.

— Isso também. E sabe o que eu acho, Bi? Essa história. Nossos nomes. Doutor, dona, senhor pra cá, senhora pra lá... Sabe o que é isso? Não é formalidade. Não é respeito. É medo. É uma barreira que construímos em torno da nossa alma, para ninguém ver lá dentro. Nosso nome verdadeiro é o apelido. O meu, por exemplo. Sabendo que eu me chamo Tocão, você não sabe tudo a meu respeito? Não sabe exatamente como eu era, na infância? Como eu sou hoje? Lá dentro?

— É...

— Eu sou gente, Bi.

— Di.

— Pois é. E sabendo o seu apelido, eu sinto que sei tudo sobre você. De agora em diante, vamos nos chamar pelos apelidos. Todo mundo na firma. Sem medo. Não vai mais haver patrões nem empregados. Nem doutores, nem donas. De agora em diante, me chamem todos de Tocão.

— Certo.

— Porque eu sou um Tocão. Entendeu, Bi? O dr. Anselmo é um disfarce. O que eu sou mesmo é um Tocão. Me chame de Tocão.

— Tocão.

— Beba mais champanhe.

— Não, não, eu já...

— Bi, escute. Eu quero lhe mostrar o meu umbigo.

— O que é isso, dr. Anselmo?

— Não, eu faço questão. Vou lhe mostrar o meu umbigo.

— Não precisa, dr. Anselmo.

— Eu quero lhe mostrar o meu umbigo. Afinal, a senhora vive me mostrando o seu.

— É a moda. Umbigo de fora. É a moda. Eu não tinha intenção...

— Eu sei. Mas eu ainda não tinha prestado atenção no seu umbigo. E hoje prestei. Foi por isso que eu quis ter esta conversa. O seu umbigo foi uma espécie de convite para a intimidade. Um convite para vencer o medo, para romper as barreiras e nos revelarmos um ao outro. Para nos conhecermos como gente. Pelos nossos apelidos, nossos nomes verdadeiros, não nossos nomes oficiais. Por favor, segure o meu copo.

— Dr. Anselmo...

— Preciso abrir a camisa.

— Eu preferia que o senhor não...

— Onde está ele? Eu sei que tenho um umbigo. Ou será que deixei em casa? Arrá! Aqui está ele. Lhe apresento. O meu umbigo.

— Muito prazer.

— Você não está olhando.

— Estou, estou.

— O que você acha dele?

— Muito simpático.

— Vamos aproximar nossos umbigos, Bi.

— Não! Por favor, dr. Anselmo...

— Tocão.

— Por favor, Tocão.

— Para nossos umbigos contrafernizarem! Eles são a prova da nossa humanidade comum, Bi. Eles vão selar o início de uma nova era dentro da firma, talvez o início de uma nova era para o mundo. Deixe meu umbigo tocar o seu, Bi. Bi, onde você vai? Bi!

— O senhor precisa de alguma coisa, dr. Anselmo?

— Obrigado, dona Márcia. Só preciso de outro copo. E não me chame de doutor. Olha aí, gente. Contrafernização. Contrafernização!

O amor acaba

— "O amor às vezes acaba na mesma música que começou, com o mesmo drinque, diante dos mesmos cisnes."

— O que é isso?

— Paulo Mendes Campos.

— Paulo Mendes Campos?!

— Estou relendo. Eu nunca mais tinha lido esta crônica. "O amor acaba". Uma vez nós lemos juntos, você se lembra?

— Não.

— Faz tempo.

— Você e eu lendo uma crônica juntos é difícil de acreditar.

— Eu sei. Não fazemos mais nada que fazíamos juntos. Mas eu, pelo menos, me lembro.

— Só você, mesmo, pra desenterrar esse livro velho.

— Foi você que me deu.

— Eu?!

— Olha a dedicatória. "Amor eterno".

— Meu Deus. "Amor eterno"?!

— Uma coisa que existia antigamente.

— Ih, lá vem drama...

— "Diante dos mesmos cisnes..." O que seriam os cisnes, no nosso caso? Que eu me lembre, começamos a namorar numa reunião dançante e eu pedi você em casamento numa fila de cinema. Não havia nenhum cisne por perto.

— Aposto que você se lembra até do filme.

— Era, era...

— Eu não acredito. Você vive no passado. Na outra noite, foi o único do grupo que se lembrava de toda a letra de "Marcianita".

— Sabe o que o Ernestão me contou? Olha que história triste. Ninguém entendia por que ele e a Vanda nunca tinham se separado. Não podia ser para manter as aparências. Todo mundo sabia que o casamento deles era um fracasso, nem um nem outro escondiam isso. Os filhos já tinham saído de casa, já eram adultos, a separação não os afetaria. Os amigos do casal não se surpreenderiam com um divórcio, era óbvio que o amor entre eles tinha acabado havia muito tempo. Era até bom que se separassem, para nos poupar dos seus constantes bate-bocas na nossa frente. Você mesmo dizia que não entendia como eles ainda se aturavam, vivendo na mesma casa e se odiando daquele jeito. A gente até especulava: uns achavam que era ela que não dava o divórcio, para infernizar a vida dele, outros achavam que era o contrário. Finalmente se separaram, e ontem o Ernestão me contou por que tinha demorado tanto, e o que o levou a concordar com o divórcio. Foi uma descoberta que ele fez.

— Que descoberta?

— Uma coisa banal. Uma coisa que existe há anos, mas ele não sabia.

— O quê?

— O cortador de unha. Entende? Durante anos, mesmo se odiando, a Vanda cortava as unhas dele com tesourinha. Ele precisava dela para cortar as unhas da sua mão direita. Ela talvez usasse a tesourinha como um símbolo do seu domínio sobre ele. Por isso escondera a existência do cortador de unha, com o qual ele poderia cortar suas próprias unhas, inclusive as da mão direita, e que a tornaria obsoleta. A tesourinha era a última coisa que os unia. Não é uma história triste?

— Não, é uma história ridícula.

— Acho que foi por isso que eu procurei esta crônica do Paulo Mendes Campos. O amor acaba com o tempo. O amor acaba com o esquecimento. O amor acaba como começou, mesmo que com outros cisnes. E o amor também acaba entre dois "clics" de uma tesourinha.

— Literatice.

— Olha o fim da crônica: "Em todos os lugares o amor acaba, a qualquer hora o amor acaba, por qualquer motivo o amor acaba, para recomeçar em todos os lugares e a qualquer minuto o amor acaba."

— Me poupe.

Referências

Crônicas publicadas originalmente no livro *Em algum lugar do paraíso* (Objetiva, 2011)

Tá

A estrategista

A mulher do vizinho

Até a esquina

Estranhando o André

O teste

O filósofo e seu cachorro

Os seios da Maria Alice

Uma mulher fantástica

Tubarão mecânico

Tudo sobre Sandrinha

A paixão de Jorge

Crônicas publicadas originalmente no livro *Orgias* (Objetiva, 2005)

Vidão

A primeira pessoa

Sexo, sexo, sexo

Gencianáceas

Crônicas publicadas originalmente em outras obras

A russa do maneco | *O melhor das comédias da vida privada* (Objetiva, 2004)

O deus Kramatsal | *Mais comédias para ler na escola* (Objetiva, 2008)

Conheça mais sobre nossos livros e autores no site
www.objetiva.com.br
Disque-Objetiva: (21) 2233-1388

Este livro foi impresso na
LIS GRÁFICA E EDITORA LTDA.
Rua Felício Antônio Alves, 370 – Bonsucesso
CEP 07175-450 – Guarulhos – SP
Fone: (11) 3382-0777 – Fax: (11) 3382-0778
lisgrafica@lisgrafica.com.br – www.lisgrafica.com.br